安安與奶奶
勵志學堂 59

培育文化
勵志學堂 59

安安與奶奶

作者　神代栞凪
責任編輯　林秀如
美術編輯　姚恩涵

出版者　培育文化事業有限公司
信箱　yungjiuh@ms45.hinet.net
地址　新北市汐止區大同路3段194號9樓之1
電話　（02）8647-3663
傳真　（02）8674-3660
劃撥帳號　18669219
CVS代理　美璟文化有限公司
TEL／(02)27239968
FAX／(02)27239668

總經銷：永續圖書有限公司

法律顧問　方圓法律事務所　涂成樞律師
出版日期　2016年10月

國家圖書館出版品預行編目資料

安安與奶奶 / 神代栞凪著. -- 初版. --
新北市 : 培育文化, 民105.10
面 ;　公分. -- (勵志學堂 ; 59)
ISBN 978-986-5862-87-9(平裝)

859.6　　105015606

序曲

黑色的轎車停在別墅的門口，剛滿九歲的安安從車上獨自走了下來。

那時候的他還不知道，這個夏天，將會是他一生中最特別的暑假。

一、小霸王

雖然手指左右在七彩的銀幕上滑動，但是安安臉上卻沒有任何的笑容。

這是安安來到奶奶家的第三天。

奶奶的家在一個美麗的小鎮裡面，跟安安習慣生活的都市區不一樣，這裡有許多的自然風景。沒有七彩的霓虹燈，也沒有吵鬧呼嘯的汽車聲，多了的，是翩翩飛舞的蝴蝶蜜蜂以及悅耳的蟲鳴鳥叫。

但是這一切，卻只讓安安感到十分無聊。

「好想回家喔……」安安將平板電腦關了起來，整個人平躺在房間的地板上。

這裡的所有一切都無法讓他提起興趣，就連平板電腦裡那些他平常所熱愛的遊戲，不知道是什麼原因，也變得相當無聊。

其實，安安並不討厭這裡，奶奶也對他很好，所以安安不明白自己為什麼會變得那麼想家，那麼想念媽媽做的料理跟爸爸所說的睡前故事。

回想起那個晚上，安安覺得所有的一切都好像是昨天才發生的事情。

一、小霸王

那天，安安跟平常一樣搭著爸爸的車回到家，雖然餐桌上已經擺滿了安安跟爸爸愛吃的食物，但媽媽卻將爸爸叫到廚房裡面去，而且兩個人不知道在說些什麼。

安安從來沒有看過爸媽這麼神祕的樣子。他看到爸爸看著一封媽媽交給他的信，還露出了平常對自己說故事時一樣的溫柔表情。

看完信後，爸爸媽媽又交談了一會兒。

安安很少看到媽媽那麼激動，也很少看到爸爸用那麼嚴肅的表情在想事情。這讓他覺得有點緊張，總覺得好像會有什麼不好的事情將要發生了。但爸爸在安安擔心的時候，默默的走到他的身旁，輕輕的拍了拍他的肩膀。

「安安，你能夠幫爸爸一個忙嗎？」

爸爸溫柔的表情，就像是在跟安安說晚安的時候一樣，讓安安不自覺的點了點頭。

「爸爸需要我幫什麼忙呢？」

「這個嘛……」

爸爸露出了有點苦惱的笑容。

爸爸拜託的那件事情，一直是安安搞不懂的謎題。因為他從來沒有看過爸媽那麼神祕的樣子，也不知道自己為什麼最後會來到奶奶家。

其實，安安以前從來沒有見過奶奶。他是在七歲的時候，才知道自己有一個奶奶，但他也只看過奶奶的照片，因為爸媽從來沒有帶他去看過奶奶。所以安安不知道該怎麼樣跟奶奶相處才好。現在他手上只剩下一台平板電腦，那是他唯一覺得有辦法讓他不無聊的東西，不過現在似乎已經沒有用了。

他翻過身望向窗外，蔚藍的天空中看不到任何一片白雲。本來，這是安安只有在放假跟爸爸媽媽出去玩的時候才有辦法看到的美麗景色，但現在卻只讓安安感到更加的不自在。

「安安，來吃點心囉！」

一、小霸王

下午三點整，奶奶準時的推開門走了進來。她將托盤放在茶几上，一陣奶茶的香氣頓時填滿了整個房間。

奶奶的廚藝非常的高超，無論是飯麵料理、或是漢堡點心都絲毫難不倒她。這三天來，安安已經品嚐了奶奶許多美味的料理，其中也包含了幾種安安平常就很愛吃的點心。這也是安安到目前為止最喜歡奶奶家的地方：美味的料理。

但現在的安安心中，只充滿著對現在度日如年的枯燥，以及為什麼要來奶奶家過暑假這件事情的疑惑。雖然這個吃點心的習慣讓他肚子已經餓得咕嚕咕嚕叫，卻只想暫時躺在地上，甚至沒有心情去看奶奶現在是什麼表情。

「謝謝奶奶，我等一下再吃。」

看著安安的反應，奶奶好像也明白安安心中的感覺。自己年紀大了，不了解現在小孩子的話題，所以也不知道該怎樣跟這個未曾謀面的小孫子打交道。

「茶要趁熱喝才香哦！」

奶奶看著安安躺在地上的背影，沉默了好一下子，才輕輕的嘆了一口氣，靜靜的退出了房間，留下安安一個人在房間裡望著窗外的天空，跟飢餓的肚子與不想動的身體打架。

安安反覆的想著，爸爸那天確實是有說過要拜託自己一件事。但是為什麼已經過了這麼多天，卻還沒有告訴自己那件事情到底是什麼呢？

他打開平板電腦，啟動了傳遞訊息的程式。但是在名為【爸爸】的訊息裡面，除了在昨天回覆的「請你幫助奶奶」後面，就沒有再傳來訊息。而安安之後回傳的「要我幫什麼呢？」後面，則是留下了小小的一行【已讀】。這讓現在的安安感到心神不寧得更加嚴重。

面對眼前的無聊與煩躁，安安生氣的將平板電腦再度闔上，隨手在地毯上一甩，看著它滑到門邊的櫃子旁，發出了碰撞的聲響。

平板電腦撞到了櫃子，讓櫃子上的花瓶搖晃了幾下。不過因為花瓶沒倒，所以安安對這件事情毫不在意，只是一個翻身就跳了起來。

他決定不想了，只想著要將所有的一切都忘掉。於是將奶奶準備的點心一口氣全部塞到肚子裡面，然後打開大門就往外跑了出去。

因為安安來到奶奶家之後並沒有外出過，所以他不知道奶奶家附近是什麼樣子。但是現在的他什麼都不想管，只想要找個地方透透氣，最好還能找個東西發洩一下情緒，所以他才剛跑到前院，還來不及反應過來，就撞上了住在隔壁的婆婆。

「唉呦！小弟弟，你要小心哦！」

「我很抱歉！」

鄰家婆婆穩住了衝進自己懷中的安安，慈祥的叮嚀著。不過安安雖然禮貌的向鄰家婆婆道歉，卻沒有停下自己的腳步，而是轉過身跑了出去。

「呼……呼……」

他一直跑、一直跑，一口氣跑過了將近三條街。雖然已經快要喘不過氣來，卻依然繼續跑下去，直到跑到了一塊有著翠綠草坪的大空地，才整個人撲倒在地上，大口大口的喘著氣。

「呼……哈……」

現在他沒辦法去想奶奶跟爸爸的事情，只覺得自己的身體好像被火烤了一般的發熱。他全身是汗，不過也因為這樣而無法去想那些讓他心煩的事情，所以感覺心情反而愉快了起來。

躺在草地上的安安看著藍天，覺得這是自己第一次真正感覺著這個小鎮，吸進的每一口空氣都充滿了青草與泥土的味道。

除了那些在奶奶家裡就可以聽到的蟲鳴鳥叫，四處都是高壯的樹木以及草地。溫柔的風，讓人一點都不覺得這跟都市裡面那種悶熱的夏天是同樣的季節。

這也是安安第一次，覺得這個小鎮是一個很美很棒的地方。

躺在這片草地上，安安感覺到相當的平靜，心情也逐漸好轉了一些。可是很快的，一股陌生的感覺卻讓他覺得有點不自在。他坐了起來，看著四周那些他從來沒有見過的房子與風景，心裡又開始覺得有點寂寞。

在草地上休息了一下，等到自己已經不喘了之後，才出發往奶奶家的方向走回去。在路上，安安覺得自己又回到了之前的那種感覺。雖然經過這麼一跑，他發現自己好像不再那麼討厭這個小鎮，只不過因為不瞭解爸爸的神祕，也不知道該怎麼與奶奶相處，所以心裡面一直覺得很煩。

他隨腳將被亂丟在路邊的鋁罐踢飛到樹叢裡，嚇得樹上的鳥兒紛紛逃開。不過現在的他絲毫不在意，甚至連路上的人對自己有什麼想法都不管，自顧自的哼起五音不全的曲子，也沒有注意到有個影子開始偷偷跟著他的腳步。

回到奶奶家中，安安覺得有點累了。他拖著步伐走到了客廳，但還沒坐到沙發上，一個黑影「唰」的一聲就從窗外飛了進來，嚇得安安整個人跌坐到地上。

「哇！」

驚嚇之餘，他仔細一看，發現了黑影的真實身分，是一隻有著黑色與黃色斑紋交錯的貓咪。這隻貓咪站在茶几上、弓著身體，也不知道為什麼，牠似乎是把安安當成了敵人。

在知道了跳進窗戶的是隻貓咪後，安安就一點也不害怕了。他很快的站了起來，跟貓咪互相瞪著彼此。

在都市裡面，安安很少看到貓。牠們頂多是出現在街角，看到人就躲到車子底下。所以他實在沒有看過這種一見面，就好像是要來跟自己打架的貓咪。

安安沒有想太多，只覺得這隻貓咪突然就闖進來實在很不禮貌，一個箭步撲上去的想要將貓咪抓起來。

「嘿！」

但是這隻貓咪膽敢跳進安安的奶奶家裡，顯然也不是省油的燈。牠在安安快要抓到自己的瞬間從安安的兩腿中間鑽過，跳到沙發旁邊的櫃子上。安安轉身要追，貓咪又從櫃子上跳了下來，鑽過沙發的底下，往安安的小腿撞了過去。

「哎喲！」

安安被撞得轉了一圈，頭昏眼花，但這下子他也確定這隻貓咪確實是為了找麻煩而來的。

經過了這兩次的交手，安安明白貓咪的動作比他還要靈活許多，所以這次他沒有直接往貓咪衝過去，而是選擇轉身抓起沙發上的抱枕，奮力的往貓咪丟了過去。

櫃子旁的貓咪雖然被安安的舉動嚇了一跳，卻只是一個翻身就閃過了抱枕，並且矯捷的往安安的腳下鑽。安安一想到電視卡通裡面那些貓咪的利爪，有點害怕了起來。他反射性的往旁邊撲倒，在地板上翻了一圈後，像沒事一樣的站了起來。

安安沒有想到自己的身手竟然這麼靈活，再加上剛才被撞了一下，還正在氣頭上，所以忘了先前吃到的苦頭，想都沒想的就再度撲了上去，上演起人、貓追逐的戲碼。

然而在幾次的追逐後，安安被衝昏了頭，還一氣之下從桌子上拿起茶杯往貓咪丟去。雖然杯子沒有直接打中牠，但是陶瓷杯子在牆上摔破的聲音，讓牠嚇得跳上了門邊的櫃子。

不過這麼一跳，貓咪好巧不巧就這麼撞上了花瓶，也讓原先已經不穩的花瓶更是搖搖晃晃了起來。安安張大了嘴巴，看著花瓶左右晃著。就在他還猶豫著要不要衝上去抓住花瓶的瞬間，貓咪從櫃子上跳開了。在安安還來不及反應過來之前，花瓶已經被牠踢了下來。花瓶直接往他的平板電腦上砸了下去，發出了很大的聲響。

「哇啊——」

安安嚇了一大跳，也沒有心思去管那隻貓咪是跳到哪裡去了，一個箭步跑到倒下的花瓶旁邊。

摔在地上的花瓶雖然沒有破掉，但瓶子裡面的花散落在地上，也撒了一地毯的水。而被安安視為最重要的精神支柱、也是唯一與父母聯繫的工具：平板電腦，銀幕上被花瓶砸出了一道非常大的裂痕，並且整個都溼透了。

安安趕緊把平板電腦拿起來用身上的衣服擦乾，並且按了按開啟的按鈕，不過平板電腦絲毫沒有反應，不只銀幕依然是黑的，連代表啟動的光源也沒有閃爍。

這下子安安是真的慌了。但是比慌張更加強烈的，是將所有不滿的情緒都集合在一起的怒氣。

「可惡的貓！」

他回頭看著已經跳到窗口的貓，毫不猶豫就撲了上去，也沒有再費神去思考自己的現狀。看著貓咪從窗口逃開，他一邊大叫著，撐起身子一下翻過了窗臺追了上去。

安安看見那個褐色的尾巴從籬笆下鑽過，自己也奮力的從樹籬直接的縫隙之間勉強鑽了過去，但等他鑽過樹籬之後，那隻貓咪卻已經不見了蹤影。

安安的心中頓時充滿了怨恨與沮喪。平板電腦上那裂痕還在他心中揮之不去，他甚至沒注意到鄰家婆婆就站在離他不遠的地方。

鄰家的婆婆看著安安呆站在自家的院子裡，好奇的走了過來，輕輕的拍了拍他的肩膀。

「小弟弟，你還好嗎？」

鄰家婆婆露出慈愛的笑容。安安仰頭望著她，感到一種跟奶奶很相似的感覺。

安安想到，鄰家婆婆應該有看到那隻貓跑到哪兒去了。

「婆婆，妳有看到一隻貓咪從這邊跑過去嗎？」

但是答案讓他失望了。

「不，我沒有看到什麼貓咪喔！」

鄰家婆婆搖搖頭，表示自己沒有看到。但又接下去問：「你看到的，是不是一隻黑色黃色斑紋的貓咪，瘦瘦的、看起來很兇？」

安安瞪大了眼睛，訝異的看著鄰家婆婆。原來鄰家婆婆也知道那隻貓咪。

「對！就是牠！婆婆知道那隻貓咪嗎？牠把我的東西弄壞了！」

安安激動的大聲起來。但是聽了安安所說的話，鄰家婆婆卻只是嘆了口氣。

一、小霸王

「唉……小弟弟，你叫做什麼名字？」

「我叫柯瑞安，您可以叫我安安。」

「安安啊！你看到的那隻貓，是我們這個鎮上，最惡名昭彰的貓。大家都叫牠小霸王。」

「小霸王？」

安安看著鄰家婆婆的表情，才瞭解到那隻剛剛攻擊自己的，原來不是一隻隨處可見的普通流浪貓而已。

「小霸王是一隻很聰明的貓。鎮上很多人家都被牠偷過食物、弄壞東西，所以有很多叔叔阿姨都想設陷阱抓牠。但是呢，牠從來沒有被人抓到過。」

鄰家婆婆開始告訴安安小霸王的事情。

「而且，設下陷阱不但抓不到牠，牠還會找你報仇喔！像是把木頭籬笆或是車庫的機器弄壞弄倒。所以現在啊，大家會將一些吃剩的食物集中在一起留給野貓們吃，其實是希望小霸王不要闖進自己的家裡。」

聽了鄰家婆婆好像身受其害的說明，安安覺得自己似乎跟一隻很不得了的貓咪為敵了。但是安安的腦中閃過了自己平板電腦上的那道裂痕，還是非常生氣。

「所以你要小心喔！最好不要去理牠。如果發現牠出現在附近啊，只要稍微給牠一點驚嚇，牠就會自己跑走了。」鄰家婆婆叮嚀著安安，說完又拍了拍安安的肩膀，對他露出了慈祥的笑容後，才又慢慢的走回屋內。

可是安安心中一直想著自己的遭遇，完全沒有辦法平靜下來。他心想，按照鄰家婆婆說的，好像這個小鎮的人都被小霸王害過，但是卻沒有人能夠打敗小霸王，這樣怎麼對呢？怎麼可以所有的人都輸給一隻貓咪，這樣太不合理了！

帶著生氣的情緒，安安暗自決定要成為小霸王的死對頭，要打敗這個讓所有人都沒辦法的貓咪。這除了是為自己的平板電腦報仇，同時也是為了小鎮的大家剷除禍害。像這樣的事情，自己非做不可。

心裡面這樣想著，安安回到了奶奶的家中。他默默的把壞掉的平板電腦收到自己的小行李箱裡面，看著銀幕上那條裂開的痕跡，安安對於想要打敗小霸王的決心又更堅定了一點。

他仔細的想了想，其實自己也不確定到底要怎麼樣才算是把小霸王「打敗」，所以安安決定要先從找到小霸王的弱點開始。至少，這會是個重要的開始。但因為鄰家婆婆的話，讓安安覺得如果讓別人知道這件事情，那所有的人都會阻止他。所以他決定不要讓鄰家婆婆知道這件事情，也不要讓其他大人知道。尤其是奶奶。

隔天一早，安安吃過奶奶準備的早餐，匆匆忙忙的跑出門去。因為昨天的決定，他知道自己不能以「小霸王的弱點」來當作調查的方向，所以他開始到處詢問小鎮裡面的小孩們小霸王的事情，打算從這個方向著手。

小鎮裡的孩子們因為是第一次與安安交談，所以都很好奇他這個人。所以安安用自我介紹當作開場白，跟小鎮的孩子們聊起小鎮的事情，也很「自然」的聊到了小霸王。

「小霸王嗎？牠曾經把我家後院的垃圾桶翻得亂七八糟的，所以我超討厭牠的。根本無法無天。」

「小霸王其實還滿神祕的，我覺得牠每次出現好像都有什麼目的。我想這也是牠從來沒有被抓到過的原因吧！」

「我媽媽跟我說，千萬不要跟小霸王扯上關係，所以我看到小霸王都是我先逃跑耶。」

「小霸王其實也是貓咪們的老大喔！所以小鎮裡面貓咪的勢力很大，甚至比狗狗們還強大呢！」

原本，安安以為從小鎮的孩子們身上打聽不到什麼消息，但是聽起來似乎大家都對小霸王有一定的好奇跟認識。然而花了一上午的時間，安安打聽到的訊息並算不多，裡面如果要說有用的訊息，大概只有「小霸王是當地貓咪們的老大」，這種消息其實跟什麼都沒有打聽到是一樣的。

這樣的結果，讓安安覺得自己根本是在浪費時間。

「如果要找到小霸王的弱點，一定要有什麼方法才行。」

接近中午，安安回到了奶奶家的前院，肚子已經很餓的他，正因為早上沒什麼進展而愁眉苦臉。這時，一個身影從他的身旁出現，嚇得他倒退了三步，又差點跌坐在地上。

「我怎麼好像聽到你想要找小霸王的弱點？你看起來很遜欸！」

那是一個身高比安安高一點，在頭的兩側綁著馬尾的女孩子。她雙手插著腰，一副瞧不起他的表情，這讓安安的心情變得更糟了一點。

安安本來是不想理她的，但是她接下來所說的話，卻讓安安瞪大了雙眼，嘴巴差點闔不起來。

「我知道喔！小霸王的弱點。」

女孩把頭稍微抬高了一點，露出了壞壞的笑容。

安安與奶奶

二、愛姐

「妳是說，妳知道小霸王的弱點？」安安不敢置信的看著那個女孩。

「是啊，我知道喔！」她哼了一聲，露出滿意的笑容。

「是什麼，請告訴我吧！」

發現有人知道小霸王的弱點，安安興奮極了。他迫不及待的想要知道，並且要利用那個弱點來擊敗牠。但是女孩的頭卻抬得更高，好像又更加看不起安安了。

「我怎麼能輕易的告訴你呢？你至少也先讓我知道你是誰，還有為什麼會想要打敗小霸王吧！」

女孩的態度讓安安覺得有點討厭，不過，安安覺得自己沒有先自我介紹，好像也有點沒禮貌。

「我叫做柯瑞安，妳呢？」安安連忙自我介紹。

「愛妲，蘇愛妲。你是艾琳奶奶的孫子？」

安安很少聽到這樣問他的人，所以一時之間反應不過來。他記得奶奶的名字不叫做艾琳，但是他聽過街上一些叔叔阿姨這麼叫她。

二、愛妲

愛妲看安安沒有回應，以為他聽不懂自己在說什麼，皺起眉頭，感覺有點生氣。

「你不是正要進去艾琳奶奶的家嗎！你是艾琳奶奶的孫子沒錯吧？」

「呃……是啊！」

被愛妲這麼一問，安安有點嚇到，不自覺的就回答了。

「你還沒說你為什麼想要打敗小霸王。」

「呃……這個嘛……」

安安將昨天的事情簡單的解釋給愛妲聽，其中與小霸王打鬥的部份讓愛妲有點驚訝。

「所以說，你是想要報仇嗎？」愛妲看著安安的眼睛，表情變得很嚴肅。

不過安安想了想，覺得自己好像沒有想那麼多，只是單純的想要打敗小霸王而已。如果真的想要提出一個理由，那麼應該不是報仇，而是有點想要……伸張正義。

「才不是呢！我是覺得小霸王太無法無天了，覺得應該要讓牠知道不應該到處欺負人。」

安安嚴肅的說著，沒想到愛姐卻露出了懷疑的表情。

「怎麼，妳不相信？」

安安從一開始就不太喜歡愛姐的態度，雖然一想到她知道小霸王的弱點而只好忍住，但是她逐漸讓安安覺得有點生氣了。

「是不相信，不過好像很有趣的樣子。好吧！我就告訴你小霸王的祕密。」愛姐不管安安一臉生氣的表情，雙手在胸前交叉了起來。

「雖然我不知道在哪裡，不過，小霸王其實有個祕密基地。牠會把很多偷來的東西帶回去藏起來。如果你願意跟我合作的話，我想我知道要怎樣才能夠查到牠的祕密基地在哪裡。」

愛姐一副神氣的樣子，讓安安一時之間不知該怎麼回答她。但是他發現愛姐好像希望自己跟她合作，表示愛姐應該也不太喜歡小霸王才對。

「啊！我就是不明白，為什麼小鎮裡的人都要那麼害怕小霸王。不管你是想要報仇也好，還是想要當英雄也好，反正，如果你也想要打敗小霸王，那麼我們兩個可以合作，怎麼樣？」

愛妲的表情變得跟之前有點不太一樣，這讓安安對愛妲的看法變得有點不同。然而既然兩人的目標相同，安安也沒有拒絕的理由。

「好呀！可是，妳有什麼主意嗎？」安安看著愛妲問到。

「我有個想法，但是這個我們下午再討論。我得先回家吃午餐，下午我會再過來找你。」

說完，愛妲頭也不回的就跑掉了，留下安安疑惑的站在原地。安安看著她跑到對街不遠處七號門牌的屋子那裡。看來那裡就是她的家。

安安回到屋子裡，馬上聞到了美味午餐的香氣。他走進飯廳，看見奶奶正好把最後一道菜端上桌。剛剛因為與愛妲對話而忘記要照顧的肚子，又馬上跟他抗議了起來。

用餐間，奶奶跟他提起了愛妲的事情。安安這才發現原來奶奶已經從窗戶看到自己跟愛妲的相遇。

　　愛妲因為爸爸媽媽離婚的關係，所以只有跟爸爸住在一起。她的爸爸因為假日也要上班，所以愛妲常常跑到兩個獨居老婆婆，也就是奶奶跟鄰家婆婆的家裡來玩。

　　奶奶說愛妲跟安安同年，所以希望安安能跟愛妲好好相處，因為愛妲從小就住在小鎮裡面，也許安安可以跟愛妲到處去走走，多看看小鎮不一樣的地方。

　　安安雖然看起來在聽奶奶說話，但是心裡面想的卻全都是要如何打敗小霸王的事情，連午餐是吃什麼都沒有注意。同時他也想著愛妲的事情，覺得愛妲的態度，也許是因為她跟自己不一樣，不是一直生活在爸爸媽媽的照顧下，可能因為會想要保護自己，所以態度才會比較強硬。

　　但是不管如何，安安都沒有改變想要找到小霸王弱點的這個目的，即使愛妲的態度讓人有點討厭也沒關係。

　　下午，愛妲果然跑到奶奶家來找安安。為了不讓奶奶知道兩人其實在計劃要怎麼打倒小霸王，所以愛妲帶著安安跑了出去。

二、愛妲

「所以，愛妲妳有什麼計劃了嗎？」

因為安安一直在想著小霸王的事情，所以他還記得愛妲中午離開前說的話。但是不知道為什麼，愛妲的頭又抬到跟中午看不起安安的那個時候一樣高了。

「在那之前，我想你得先尊重我一點。畢竟我是《打倒小霸王小隊》的隊長。」

「為什麼？」安安驚訝得張大嘴巴。

「因為是我提議要合作的，而且是我知道小霸王的弱點，不是嗎？」

「呃……」

安安不得不同意愛妲所說的話，但他還是很不喜歡愛妲這種態度。

「所以，你必須要叫我隊長或是姐姐。」

「為什麼是姐姐啊？」安安不懂愛妲為什麼有那麼多奇怪的要求。「奶奶說我們的年紀一樣大。」

「你是幾月生日？」

「六月。」

「我是三月，所以我比較大，你得要叫我姐姐才行。如果你不好意思叫我姐姐，那叫我隊長也可以，我不會介意。」

安安覺得愛姐實在是很討人厭，但是為了想要快點開始打倒小霸王的計劃，所以他並不在乎她那些奇怪的想法，只是覺得有點煩。

「那麼隊長，妳有什麼想法？」

聽到安安叫自己隊長，愛姐似乎很滿意，笑得非常燦爛。

「哼哼！我是想，因為牠有藏東西到祕密基地的習慣，那麼我們是不是可以找一個誘餌，趁著牠藏的時候，找到牠的祕密基地在哪裡？」

「這真是個好主意。」

安安原本以為愛姐只是假裝神氣，有也只是一些無聊沒用的點子。沒想到安安才在想要怎麼找到小霸王的祕密基地，她就提出了這個方法。

「不過，我們要怎麼引誘牠呢？」

「怎麼引誘牠不是最重要的事情。我們應該要先知道牠會在什麼時間

二、愛妲

出沒在什麼地方才對！」

「說的對！」

安安非常驚訝愛妲對該如何與小霸王對抗這件事情已經有很多想法，這些都是他完全沒有想到的事。只是即使知道這一點，安安還是不知道該從什麼地方開始著手。

「你真的很笨耶。我們可以到處去問問看，看有誰看到小霸王不就好了嗎？」

「對啊！也可以順便問他們通常都在什麼時候會看到小霸王。」

聽了愛妲的想法，安安有種恍然大悟的感覺。

「嗯……看來你好像也沒有我想像的那麼笨。那麼，我們要怎麼分工合作？」

安安看著愛妲，從她的眼神來看，她好像沒有想過這個問題。

「不然，我跟早上一樣在小鎮裡面到處找人問問。愛妲妳跟小鎮的大人應該比較熟，大人就交給妳了。」

「要叫我隊長！」

事情的快速發展，讓中午前本來有點灰心的安安又燃起了對付小霸王的熱情，甚至讓他忘了要對愛姐用那個她指定的稱呼。但是安安現在一點都不在意那些，他滿腦子只剩下小霸王的事情了。

他快速的告別愛姐，獨自一人沿著街道到處跑。他遇見了早上遇過的那些孩子，打聽了一些小霸王的事情，不過跟早上一樣沒什麼有用的訊息。

但是安安這次並沒有灰心，他盡可能的從每個人所說的事情中蒐集一點點的線索，雖然大部分都沒有什麼用，但是他希望自己能夠在這個階段提供一些有用的訊息。

傍晚，兩個人在奶奶家的門口集合。安安覺得自己好像沒有打聽到什麼重要的事情，所以想先聽聽愛姐有沒有什麼有趣的消息。

「隊長，妳有問到什麼嗎？」

這次安安沒有忘記愛姐奇怪的堅持，所以她只是挑起了一邊的眉毛。

「大人都很有警戒心，不太喜歡我們小孩子追問小霸王的事情。所以我說我的一個髮飾可能被小霸王撿走了想要去找，大人們才跟我多講了一點小霸王的事情。」

「其實大部分講的都不重要，不過有一個叔叔跟我說，雖然大人們會把吃剩的食物集中起來，但是小霸王偶爾還是會去亂翻，有時候會在下午點心時間跑到家裡面。」

雖然愛妲一臉神氣的樣子，但是安安覺得她打聽到的消息實在是沒比自己好到哪裡去。

「我其實也沒有聽到什麼消息，不過二街那邊有些人正好在討論貓咪的事情，我聽到他們說貓咪們好像常常在下午會到處出沒的樣子。」

「對了！原來是這樣！」

原本安安以為，這些情報都是些沒什麼用的消息。但是愛妲聽了安安的消息後，卻露出了恍然大悟的表情。

「如果說，小霸王跟貓咪們都會在下午出沒，是不是表示牠們有下午出沒的理由？」

愛姐用像老師一樣的語氣跟安安說著。

「如果像是那個叔叔說的，小霸王會在下午的時候闖進人家家裡偷食物，而貓咪們同時也到處跑的話。有沒有可能牠們就是在那個時候蒐集食物呢？」

安安覺得愛姐的話很有道理。

「原來如此！那麼隊長，我們該怎麼做呢？」

「很簡單。我們可以用明天下午先觀察看看，是不是小霸王跟貓咪們會跑出來蒐集食物。如果我的推理沒有錯的話，那我們可以來想想看要怎麼引誘牠了。就這麼決定！」

因為愛姐的想法，兩人決定隔天再行動。兩人相約午餐過後在安安的奶奶家前面集合，再決定要怎麼分頭行動。

隔天下午，兩人發現貓咪們真的像是約好的一樣，街上到處都看得到牠們的蹤跡。兩人也在街上看到了小霸王的身影。

對於事情的進展，安安感到非常的興奮。而愛妲則是比他更快一步的想到下個步驟的事情。

「既然確定了這個情報，接下來，就要想怎樣才能知道牠們的祕密基地在哪裡了。」

「其實，既然知道貓咪們是出來蒐集食物，那我們只要用食物吸引小霸王就好啦！」

安安並沒有想得太多，而是單純的想直接從小霸王著手。畢竟他心裡只是想要打敗小霸王而已，其他的貓咪、或是祕密基地什麼的，他其實不太在意。

「那你打算用什麼食物吸引牠？我先跟你說喔，一般的魚是沒有用的，很多大人都試過了！」

愛妲看安安好像打算直接進攻，那麼她也沒有什麼想要保留的作法了。只是如果要提到誘餌，愛妲回想起的是之前大人曾經設計陷阱想要捕捉小霸王的時候。就如同鄰家奶奶所說，小霸王不但沒有上鉤，還報復那些設下陷阱的人，讓人非常頭疼。

「也許，我們要先想想看野貓會喜歡怎樣的食物。」

「可是陷阱行不通哦！」

愛姐講著剛剛想到的事情，覺得應該提醒一下安安。但是安安發現愛姐忘了最重要的事情。

「我們本來就不需要陷阱啊！」

「為什麼？」

「我們是要跟蹤小霸王找到祕密基地，又不是要把牠抓起來。而且住在隔壁的婆婆也說過，連大人都沒有辦法抓住牠，所以我們只要想辦法引誘牠來搜集食物就好了吧！」

愛姐聽懂了安安的意思。原來她之前搞錯了目的，所以才忘記了這件事情。

「所以說，我們現在得先知道小霸王會想要吃什麼是嗎？那你有什麼主意？」

「這個嘛，讓我想想……」

雖然安安想要趕快著手為小霸王設下誘餌，但是仔細想想，他完全不知道小霸王可能會喜歡吃什麼。雖然電視卡通裡面常常看到貓愛抓魚、抓鳥、抓老鼠之類的來吃，可是安安也知道卡通裡面有很多事情是跟現實不一樣的。而且小霸王這隻貓，又更加的不一樣。

他左思右想，實在想不到什麼主意，忽然，他想起奶奶家好像有個非常驚人的書房。或許，那裡面會有兩人所需要的書也說不定。

愛妲本來想阻止安安去跟奶奶講這件事情，但是安安已經興致勃勃的跑進家中，詢問奶奶可不可以跟她借用書房。

安安跟奶奶講了理由，讓奶奶非常的驚訝。

「你想要找能夠打敗小霸王的方法？」

奶奶非常驚訝安安竟然會跟自己說想要去打敗小霸王這件事。

「不是啦艾琳奶奶，安安是想要知道，像是小霸王這樣的野貓，會喜歡吃什麼樣的東西。」

愛妲在旁邊解釋，有些害怕奶奶那種帶點責備的眼神。就好像是在說一切都是愛妲的錯一樣。

但是，雖然奶奶不希望安安去做這件事情，可是她看著安安的眼睛，覺得他心意非常堅定。而且這是安安第一次直接向自己提出請求，這讓她很難拒絕。

「安安，那你能答應我，絕對不會讓自己去做危險的事情嗎？」

奶奶看著安安，想讓他明白自己的意思。而安安也聽懂了奶奶的話，再加上自己很想趕快找到方法，所以連忙點頭答應。

「當然囉！我絕對不會去做危險的事情。」

「好吧，那麼奶奶的書房就借給你。」

奶奶帶著安安跟愛妲兩個人來到書房。安安從來沒有看過那麼多書本同時擠在一個房間裡面，就連市立圖書館都沒有那麼擠。書房的每個櫃子都疊到天花板那麼高，旁邊還放了書架專用的樓梯，安安左看看右看看，看到眼睛都快花了。

「你已經過世的爺爺以前非常喜歡書，所以這個家裡才有這樣一間書房。」奶奶從書架上拿下一本有著厚厚封面的書，微笑的說著。

「這裡面的書你全部都可以看，不過要小心不要弄壞了。還有要記得，如果想拿高處的書，一定要跟奶奶說喔！」

安安開心的點了點頭，馬上從門邊的第一個櫃子開始看了起來，不過因為時間有點晚了，所以愛妲先回家去了。晚餐過後，安安就一直窩在書房裡面，直到他實在是很想睡了，才勉強去洗澡睡覺。

隔天早上，安安吃過早餐後再度跑進書房裡面，繼續找他昨天還沒有找到的資料。過了沒多久，愛妲也加入了找書的行列。兩人不斷地在書架上搜尋名字有關動物或是貓咪的書，找到的話就拿下來翻，雖然這樣的書並不是很多，但是對於安安與愛妲這兩個只有九歲的小孩子來說，那些書上的字還是太多了。

過了幾個小時，兩個人的調查沒有什麼收穫，奶奶敲門走了進來，叫兩人出來一起吃午餐。午餐間，安安開始跟奶奶還有愛妲分享書裡面所看到的東西，雖然內容跟打倒小霸王沒有什麼關係，不過安安顯得非常開心。

「安安很喜歡看書嗎？」

「是呀！很喜歡。不過，這次還是要先專心找跟貓咪有關的書，不然我其實有很多書想看。」

奶奶看安安笑得非常開心，也露出了安心的笑容。而愛妲則是因為能夠待在奶奶家吃飯，所以顯得非常開心的樣子。

「艾琳奶奶煮的菜真的是太好吃了。」

「謝謝妳，愛妲。」

三個人在笑聲中度過了一段非常愉快的午餐時光。午餐之後，安安與愛妲馬上又回到了書房，沒多久之後，連奶奶也進來幫忙找。三個人一起翻著書櫃，找出了一些跟貓咪有關的書，並且在裡面看到了一些跟貓咪愛吃的東西有關的訊息。

「那麼，找到這些資料之後，你想要怎麼做呢？」奶奶坐在書堆的旁邊，看著安安正忙著把所搜集到的書本在書桌上放成堆。

「可能要嘗試看看才知道效果怎麼樣了。」安安把全部的書整理好，拿出之前準備好的紙，開始寫上一些他覺得應該會有效的誘餌。

「安安想要自己做誘餌嗎？」奶奶微笑著問。

「當然囉！而且我也有零用錢可以買材料哦！怎麼可以讓奶奶幫我那麼多呢！」

安安非常認真的眼神，讓奶奶看了相當的高興。那個兩天前還只是待在家裡唉聲歎氣的孩子，如今已經找到目標，而且還非常認真。

奶奶心裡當然是不願意安安追著小霸王跑，尤其是小霸王在小鎮裡面是那麼的惡名昭彰，可是她又不願意阻止安安去做這個好不容易讓他能夠燃起鬥志的事情，心裡非常的兩難。

愛妲在一旁看著興奮的安安跟溫柔的奶奶，感覺出奶奶好像有什麼心事，馬上開口說到：

「艾琳奶奶妳放心啦！我會跟著安安，不會讓他去做危險的事情的。」

愛妲拍著胸脯向奶奶保證。

「艾琳奶奶知道我愛妲一向是很可靠的。再怎麼說，我好歹也算是妲妲嘛！」

看著愛妲的保證，奶奶笑了出來，也放心了不少。

「只不過，我還不知道要去哪裡才能買到製作誘餌的材料。」

寫完筆記的安安轉頭看向奶奶跟愛妲，卻看到愛妲面有難色的樣子。

「那當然是去街角的雜貨店囉！我想那邊會有你需要的所有東西。」

雖然奶奶露出了安心的笑容，但是安安依然清楚的聽到那個藏在奶奶聲音下面的，愛妲小小的聲音，帶著許多的不滿的說……

「也只能去那邊了……黑店！」

三、黑店

隔天早上，因為奶奶家中要請人來修理水管的關係，所以只有安安與愛妲兩個人結伴，來到了愛妲口中的「黑店」。

從外面往裡面看，安安覺得這間雜貨店好像比他印象中的雜貨店還要大，裡面的東西琳琅滿目。

他發現愛妲露出了害怕的表情覺得有點奇怪，因為他沒有看到什麼可怕的東西。但是愛妲在走過來的路上表情都非常的怪異，這讓安安也有點害怕了起來。

「歡迎光臨！」

走進店裡，櫃台裡面沒有人，但是安安聽到從貨架後面傳來的招呼聲，是一個男人的聲音。

安安繞過架子，四處看了看。這間店實在是太大了，比他在都市裡面看過的任何一家便利商店都還要大。安安覺得如果沒有人告訴他清單上面的東西在哪裡，他可能得花上一個早上的時間，才能找到所有他需要的東西。

三、黑店

安安回頭一看，發現愛妲正在盯著門口一進來旁邊的點心罐子。其中有一個罐子特別大，裡面裝著有點像是小熊軟糖的東西，顏色非常漂亮。

「呦！這不是小愛妲嗎？今天也想吃貝比軟糖嗎？」

隨著說話的聲音，從架子後面出現了一個非常高大的男人。這個大叔長得比貨架還要高，安安的頭幾乎只能頂到他的肚子而已。他留著一臉大鬍子，卻剃了個大光頭。穿著圍裙的他露出了非常開朗的笑容，讓安安覺得自己應該會喜歡這個人，但是愛妲卻露出了非常害怕的表情。

「我……不……」

愛妲突然變得支支吾吾的，不過看起來又不像是被這個大叔嚇到，所以安安不太懂愛妲到底在害怕什麼。而大叔則是走到裝了那個貝比軟糖的罐子前面，拿出了乾淨的大塑膠袋，用專用的勺子往裡面舀了兩大匙，然後轉過來看著愛妲。

「再送妳半匙怎麼樣?只要一百塊錢。」

他往袋子裡面再裝了半匙，但是愛妲卻看起來快要哭了。

「不然，再半匙？」

他又往袋子裡面再裝了半匙，看著愛妲，輕輕的搖了搖袋子。

安安發現愛妲好像快要哭了，可是表情卻變得不一樣了。他已經看不出愛妲到底是不是害怕，只覺得愛妲的臉擠成了一團，看起來非常奇怪。

大叔笑了笑，把糖果放到愛妲面前。安安注意到愛妲將一隻手塞到了口袋裡面，可是卻全身都在發抖。

「拿去啦！土匪！」

最後，愛妲大喊了一聲的把手從口袋抽出來，丟了一百塊在大叔身上，然後搶走了他手上的那一袋貝比軟糖，衝到店的外面去。

她露出了一臉再也不想進來的表情，卻開始吃起那一袋看起來非常可口的糖果。這一幕真是讓安安覺得既疑惑又好笑。

「那麼……」

大叔撿起掉在地上的一百塊放進圍裙的口袋裡面，看著愛妲露出了一個大大的微笑，才轉過來看向安安。在他靠近之後，安安才真正感覺到這個大叔有多麼高大。而且他的手臂也很壯，好像只要用一隻手就能把安安整個人給提起來。

「你就是安安吧！艾琳女士的小孫子。」

大叔再度露出微笑，輕輕的拍了拍安安的肩膀。安安很驚訝他知道自己是誰。

「我是雜貨店的老闆。你是第一次來吧！想找什麼東西嗎？」

「呃……這個……」

看著老闆直視自己的眼睛，安安忘了自己本來想說什麼。他有點明白愛妲剛才為什麼會忽然變得支支吾吾的，因為他覺得這個大叔的眼睛好像有魔力一樣，被盯著就會說不出話來。

「呃……我想要找這些東西。」

安安把昨天從書上的收穫整理過後，晚上仔細的想了想，才從那一份長長的清單中選了一個他覺得最「可口」的誘餌，來做第一次的實驗。

他把清單交給老闆，老闆卻在看了之後，皺起了眉頭。

「貓的罐頭……安安有養貓嗎？」

「我是要拿來對付小霸王的！」

面對老闆的問題，安安完全忘記要將這件事情保密，一不小心就說了出來。不過，他才剛發現自己講錯了話，卻發現老闆挑起了一邊的眉毛，好像很有興趣的樣子。

「哦？對付小霸王？」

「呃……」

「你怎麼會想要對付小霸王呢？是有什麼原因嗎？」

安安看著老闆一臉好奇的表情，突然覺得有點怕怕的。但因為心中有著自己的想法，所以他假裝沒有看到站在店門外面，一直企圖阻止他繼續講下去的愛妲，把原因跟老闆說了一遍。

「原來是這樣啊。所以，你覺得小霸王是這個小鎮的大壞蛋，是嗎？」

雖然非常肯定自己的理由，但是被老闆這麼一問，安安其實也不知道該怎麼回答。

「嗯……」

看著猶豫的安安，老闆卻不知道想到了什麼。他拍了拍安安的肩膀。

「這樣吧！安安，既然你覺得小霸王是這個小鎮裡面的大壞蛋，那麼我們一起聯手來打敗牠，怎麼樣？」

老闆突然說出來的話讓安安非常的驚訝。

「可是你應該知道小霸王出現在鎮上已經很久了，連很多叔叔、阿姨都沒辦法打敗牠，你想要用什麼方式打敗牠呢？」

老闆搓了搓自己的鬍子，然後繼續說著。

「你想找這些東西，是想要設下陷阱吧？可是你應該也知道，陷阱是沒有辦法輕易抓住牠的喔！你還有什麼好點子嗎？」

「我設下陷阱並不是要抓牠，只是想知道牠會把食物帶到哪裡去。」

面對老闆的疑問，安安覺得有點生氣。但是老闆的話又再一次的讓安安覺得驚訝極了。

「原來如此，你也知道小霸王的祕密基地呀！應該是小愛姐告訴你的吧！」

「叔叔也知道小霸王的祕密基地？」

「哈哈！是呀，我也知道牠有個祕密基地。不過，我不知道那個祕密基地在哪裡。」老闆笑了笑，輕輕的揮了揮手上那張安安的清單。

「老實說，叔叔我其實也很想打敗小霸王，所以，我想我們可以合作。條件是，你找到牠的祕密基地之後，要告訴我那裡是什麼樣子，怎麼樣？」

聽了老闆說的話，這次，安安沒有注意到門外愛妲拼了命的揮著手要阻止他，而是為自己能夠得到新的夥伴而感到非常的開心。

「好啊！不過叔叔，我們要怎麼合作呢？」

「你有試著去追過小霸王嗎？我覺得你應該追不到牠喔！」

「呃……」

聽老闆這麼一說，安安才發現自己完全沒有想過這件事情。如果說小霸王成功的中計，自己卻不知道要怎樣追到牠，那麼不管多麼努力找出小霸王會上勾的誘餌，也沒有辦法追著小霸王找到牠的祕密基地。

「那該怎麼辦才好？」

安安實在是想不出什麼好方法，但是他覺得老闆會這麼說，一定是有什麼點子才對。

「其實，叔叔我有想過一個計畫，而且這個計畫剛好可以跟你的點子搭配喔！怎麼樣？只要你答應我，等到你找到小霸王的祕密基地之後，你一定要告訴我那在哪裡、還有那裡是個怎麼樣的地方就行了。夠簡單吧？」

「當然沒問題！」

聽了老闆的意見，安安非常的開心。他急著想要立刻開始製作對付小霸王用的誘餌，完全忘記了還傻傻站在門外，卻已經沮喪到完全放棄阻止他的愛姐。

「那我們趕快來找材料吧！」

安安跟著老闆走到店裡面去找清單上面的東西，不到五分鐘的時間，老闆已經將清單上的所有東西都全部找齊了，並且還多拿了些釣魚線、鈴鐺之類的東西。安安雖然不知道那些東西是要怎麼用，但應該就是老闆所說的「能夠搭配自己點子」所需要的道具。

老闆在櫃台的旁邊，將怎麼把那些東西跟誘餌連結在一起方法跟安安說明清楚了，這時，愛姐也走了進來，想要了解接下來的計劃是怎麼樣。兩人對老闆所設計的陷阱感到非常的驚訝，但是在聽完說明之後，就連原先相當排斥安安與老闆合作的愛姐，也開始跟著興奮了起來。

「我等你們的好消息喔！」

決定接下來的計畫後，安安結帳買下老闆幫他準備的所有東西，並且跟愛姐一起回到奶奶家，準備製作引誘小霸王上鉤的誘餌。

跟奶奶借用了廚房之後，兩人馬上將所有的材料打開，開始製作誘餌。過了十分鐘，奶奶走進廚房，發現安安跟愛姐兩個人快要將所有的東西都混在一起了，所以趕快過去動手幫他們忙。

在奶奶細心的指導下，安安跟愛姐總算是完成了誘餌，只不過奶奶說誘餌需要煮過才能固定形狀，所以安安跟愛姐就將誘餌交給奶奶幫忙處理，兩人則是開始製作大叔所教的陷阱，心想只要順利，也許今天下午就可以執行「作戰計畫」了。

忙了一段時間，安安發現廚房裡面已經充滿了香味，原來是因為快要中午了，所以奶奶直接煮起了午餐來，安安這才發現自己已經肚子餓了。

「準備要開飯了哦，你們兩個可以幫忙整理桌子嗎？」

「好！」

安安非常開心的將手邊的工作先停了下來，並把剛剛製作誘餌時所弄亂的部分全部都先整理好，愛姐則是把奶奶平常一定會拿出來的桌巾先鋪在餐桌上，然後幫忙擺起碗盤。

三人開心的一起用著午餐，奶奶很好奇安安製作的陷阱要用什麼方式來讓小霸王上鉤，所以安安從頭到尾完整的向奶奶解說了一次。

下午，誘餌跟陷阱都完成了，所以兩個人就把誘餌在奶奶家院子裡的一個角落，而他們則是躲到對街樹籬笆的影子下面，一邊等著小霸王出現叼走誘餌，也準備好隨時可以追上去。

愛姐看了看左手腕上的手錶，接近下午三點，是小霸王差不多該出現的時間了。兩人緊緊盯著設下誘餌的地方，果然，一個小小的黑色影子出現在奶奶家的院子裡。

「是小霸王！」

「噓！」

安安興奮的喊了一聲，愛妲雖然出聲制止他，但是眼睛卻也緊盯著誘餌不放。兩人幾乎是停止呼吸，看著小霸王離誘餌越來越接近。一瞬間，小霸王咬住誘餌，馬上就消失在樹籬笆下，正當安安還在左右找尋著牠的蹤影的時候，一連串「噹噹」的鈴鐺聲從奶奶家另一邊的巷子傳了出來。

「快追！」

因為陷阱發揮了作用，安安迫不及待的拔腿往前跑，聽著鈴鐺的聲音一直向前追去。跟在他後面的愛妲不敢相信安安竟然能跑得這麼快，一溜煙就不見了蹤影，只好跟著聲音追了過去。

可是才跑不到一條街，小霸王忽然停在一條小巷子的裡面，將誘餌吐在地上用爪子抓了抓。安安沒有注意到小霸王的舉動，一個轉身就衝進巷子裡面，讓小霸王嚇了一跳，翻了一圈往安安撲了上去。

「哇啊！」

「安安！」

安安沒有想到事情會這麼發展，被小霸王一撞馬上摔得四腳朝天。愛妲跑到巷子口，發現安安的慘狀，大喊了一聲。小霸王看到又有人追來，也不管誘餌了，立刻從巷子另一邊的樹叢下鑽了過去，消失不見。

過了一下子，安安才慢慢從暈頭轉向中恢復過來。

「安安，你還好吧？」

「我沒事。」

安安站起來拍拍屁股。剛剛被小霸王撞那麼一下，實在是他完全沒有想到的事情，而且小霸王這次好像是真的嚇到了，才會有那麼強烈的反擊。

「可惡，沒想到會被牠發現。」

「牠好像是發現了我們放進去的東西。」

愛妲看著被丟在地上的誘餌，上面有著明顯的爪子痕跡。

安安把那個用魚肉罐頭跟好幾種食物混在一起的誘餌弄開，從裡面把兩人為了要能夠追上小霸王而放進去的東西拔了下來。

「果然是小霸王，真的很厲害。」

「現在是你佩服牠的時候嗎？」

看著那個能夠沿途發出聲音、用竹筷、鈴鐺跟釣魚線製作而成的道具，安安忽然覺得有點沮喪，心理想著：這一次會不會是最後的機會了？

可是他不願意那麼想。因為無論如何，他都想知道小霸王的祕密基地在哪裡、想要打敗小霸王，讓這隻無法無天的貓咪知道人類可不是好欺負的。

「可惡，只好重新再做一遍了。」

回想起自己想要打敗小霸王的原因之後，安安馬上振作了起來。他想要趕快回到奶奶家去重新製作誘餌，也不管愛姐還蹲自己在旁邊，轉身就走掉了。

「欸！你等一下啦！」看安安突然走掉，愛姐慢了一步才從他身後追上來。她急急忙忙的拉住了安安。

「你別急啦！安安，小霸王要明天才會再出現了啦！」

「對喔！」

因為失敗而心急的安安，差點忘記小霸王要下午才會出沒這件事，心理只想著要馬上重新開始，卻沒想到即使現在做好誘餌，還是要等到明天下午才能再一次引誘小霸王。

被愛姐提醒之後，安安才慢下腳步。雖然今天已經沒有辦法再一次引誘小霸王上鉤，但是他想要先回去重新開始準備明天的誘餌。畢竟今天是因為有奶奶的幫忙才能完成，但安安不希望每一次都要靠奶奶的協助，才有辦法完成誘餌。

「可是我覺得很奇怪，為什麼小霸王會停下來呢？」安安回想著剛才衝進巷子裡面的時候，小霸王正在用爪子翻著誘餌的景象。

「應該是因為覺得有鈴鐺的聲音所以怪怪的吧！」

「可能吧！可惜不知道小霸王喜不喜歡這個誘餌，我覺得這個誘餌好像不是很好做。」想著想著，安安又想到了奶奶在幫忙兩人製作誘餌的時候，好像花了許多功夫的這件事。

「如果要用到瓦斯爐，可能就需要艾琳奶奶的幫忙了。今天艾琳奶奶有幫我們用水煮對不對？」

「對呀！煮起來很香，我都想吃了。」

兩個人一邊討論起今天製作誘餌的狀況，一邊想著接下來有沒有需要更改的地方，一邊走回奶奶家。安安心想，如果誘餌的製作可以簡單一點，也許可以做比較多次的嘗試。

一回到奶奶家，安安跟愛妲發現奶奶竟然蹲在客廳外面的櫃子旁邊，右手緊緊壓著胸口，好像很不舒服的樣子。

四、大將

「奶奶！」

「艾琳奶奶，您怎麼了？」

發現了奶奶的異狀，兩個人急急忙忙的跑到奶奶的身旁。奶奶露出了很難過的表情，整張臉都發白了，臉上的皺紋也都被擠了出來。她用左手指著廚房的方向，嘴巴開開合合的，不知道想要說什麼。

「奶奶你想說什麼，我聽不到！」

看到奶奶這個樣子，安安不知道為什麼自己會變得那麼擔心。他覺得自己手掌都是汗水，心裡面也跟著開始慌張了起來，可是卻不知道該怎麼辦才好。

「藥嗎？艾琳奶奶，您是說藥嗎？」

比起緊張的安安，愛姐好像冷靜了許多。她從奶奶一開一合的嘴型，看出了奶奶想說什麼。因為奶奶好像快要不能呼吸的樣子，安安一聽到『藥』這個字，也不管愛姐說的是不是對的，馬上跑進了廚房東看看西看看，最後在放工具的櫃子旁邊發現了一個白色的袋子，裡面裝了一包藥。

安安趕緊用櫃子上的杯子倒了一杯水，並且很快的拿著藥跟水回到了奶奶的身旁。

奶奶看到安安把藥拿了過來，急急忙忙的把藥打開吞了下去，並且把一整杯的水都喝光了，才靠在櫃子旁邊喘著氣。

看著奶奶好像比較舒服了些，安安才終於安心了一點。

「妳有比較好了嗎，奶奶？」

安安沒有聽說過奶奶生病的事情，所以非常的緊張。

奶奶輕聲的喘著氣，臉色逐漸變得好了一些。

「奶奶沒事，只是有點不舒服而已。」

「奶奶，妳的藥已經沒了，妳要再去看醫生才行。」

安安馬想起了剛才在櫃子上的白色袋子。剛剛被奶奶吃掉的藥，確實是最後的一包。可是奶奶聽完卻露出了不太情願的表情。

「沒事，奶奶的藥吃完馬上就會好了。」

「奶奶，這樣不行啦！爸爸有說過，看醫生的時候，一定要等到醫生說不用吃藥了才可以不用去看。所以妳一定還要再去看醫生才行。」

想起奶奶剛剛不舒服的樣子，安安不相信奶奶是真的沒事了。他知道那是奶奶為了要讓自己還有愛妲安心所以才這麼說的。可是安安還是很擔心，希望奶奶能再去看醫生。

「對呀！艾琳奶奶，妳應該要再去看醫生才行。」

「不用擔心，我很快就會好起來的。」

不知道為什麼，奶奶好像不是很想再去看醫生的樣子。安安不明白奶奶為什麼不想去看醫生，只是覺得這樣子的奶奶讓他有點生氣。可是他又不知道該怎麼樣勸奶奶才好。

「好吧！可是，奶奶妳如果晚一點還是不太舒服，或者如果之後還有不舒服的話，就一定要再去看醫生喔！」

安安看著奶奶，突然覺得奶奶看起來好像變得不太一樣了。

現在的奶奶，不像是安安剛來的那天，第一次看到奶奶的時候，總覺得奶奶根本不像是一個老人家，而是個好像只跟自己學校裡面年紀大一點的老師長得差不多的女人。但是，現在的奶奶看起來卻老了很多。

他有點難過。雖然有點不開心，但是還是走進去廚房，再倒了一杯水拿給奶奶。

「奶奶，妳要多休息，才會真的好起來。」

「謝謝你，安安，奶奶會多休息的。」

奶奶接過水杯，把水喝完，慢慢的站了起來，拍了拍安安跟愛妲的頭，然後轉身走回自己的房間。

安安跟愛妲互看了一眼，都覺得不太放心，可是奶奶都已經說會好起來，兩個人也不知道該怎麼勸她要再去看醫生這件事情，只好把水杯跟藥包收一收，回到了廚房裡面。

「奶奶……好像身體不太好，所以我覺得，我們應該要找一個比較不需要奶奶幫我們製作的誘餌。像是今天那種就絕對不行。」

「我也這麼覺得。可是，要做哪一種才好呢？」

因為跟愛妲有了相同的想法，安安把之前準備的那張清單拿了出來，把它攤平在乾淨的餐桌上。清單上面寫著五六種從書上找到的誘餌，以及誘餌的製作材料跟方法。

安安跟愛妲一起從第一個開始重新看了一遍，每一種都仔細的看了製作方法，但是卻覺得好像幾乎每一種都會需要煮過，不然就是看起來很複雜，有的做法安安甚至連看都看不懂。

「我覺得我們之前挑的是不是有點難。可是……看起來每一種都很好吃的樣子。」安安低下頭，重複的看著清單上面的誘餌，想著該怎麼解決現在遇到的問題。

「但就算看起來好吃，貓咪也不一定喜歡吧？」

「說的也是。」

因為拿不定主意的關係，兩人只好再跑去跟奶奶借用書房。他們從上一次找到的地方繼續往後找，愛妲還強烈要求安安不要看太多內容，而是盡量從書名來看是不是跟動物有關，這樣才能盡量多看一點。

兩人一直找到肚子都快餓昏了才離開書房，發現奶奶趁著兩人在書房裡面的時候，已經先準備了簡單的晚餐才回去休息。安安本來想要發脾氣，但是愛妲卻急著討論剛才所得到的收穫，所以兩人就沒有繼續討論奶奶的話題。

「安安，你有發現什麼新的誘餌嗎？我有發現一些新的做法，不過，看起來好像都沒有很簡單的樣子。」

愛妲一邊說著，一邊吃起東西來了。安安看著奶奶準備的晚餐，雖然很想先找奶奶唸一頓，但還是忍受不了肚子餓的感覺，也馬上跟著吃了起來。

「我剛才發現了幾個看起來很簡單的，不過跟我們現在準備的材料很不一樣。而且，我也不知道有沒有辦法把老闆叔叔設計的鈴鐺放進去。」

安安看著自己剛剛放在旁邊的清單，上面寫著他這個下午的「戰績」。

「那要怎麼辦？」

「不然，我們明天早上可以再去一次雜貨店，看看老闆有沒有什麼意見。」

「不行不行！你還要去那個黑店啊？」

愛妲連忙緊張的阻止安安想再去一次雜貨店的想法，可是安安只覺得那根本是愛妲自己太容易被引誘去買糖果而把人家叫做黑店，實在是有點過份。

「可是，如果要換做另外一種誘餌，我們還是要去雜貨店那邊買材料啊！」

安安想了想，覺得還是非得再去一次雜貨店不可。因為手邊的材料剩下的也不多，而且如果要換別的誘餌，是一定得去買全新的材料才行。雖然愛妲露出了不情願的表情，但這反而讓安安覺得是個正確的抉擇。

「嗚……」

「那就這麼決定了吧！我們明天一早就過去雜貨店找老闆，問問看要怎麼樣才能製作比較簡單的誘餌，並且能夠跟那個鈴鐺組合在一起。」

「好吧！也只能這樣了。現在時間有點晚，我也該回去了。幫我謝謝艾琳奶奶的晚餐。」

四、大將

「好！」

愛姐幫忙安安一起把吃完的碗盤收到水槽裡面，才出發回家，而安安則是先將書房給整理好，然後把今天下午跟愛姐兩個人在書房裡面得到的「收穫」重新整理成另外一張清單，最後才準備上床去睡覺。

隔天一早，安安才剛梳洗完畢，愛姐就來按門鈴了。

安安迅速的收拾好隨身小背包，早餐都還沒吃就跟愛姐一起出發前往雜貨店，連雜貨店老闆看到兩個人，都很驚訝他們竟然會這麼早就來。

「那麼安安，對抗小霸王的計劃怎麼樣了呢？」

大叔露出了和藹的笑容，伸手接下了安安遞出的那張新的清單。

「昨天做了第一次實驗，可是沒有成功。我們覺得應該是誘餌的關係。我想試試看更好做的誘餌，可是我不確定有沒有辦法把鈴鐺綁在新的誘餌上面。」

「原來如此，我明白了。所以要來跟我討論看看嗎？而且還有要買新的材料對吧！我看看……」

大叔拿著清單帶著安安走進店裡，一邊尋找清單上面的東西、一邊討論安安寫在清單上面的幾種不同誘餌。愛妲因為害怕「抵擋不了誘惑」的原因，所以一個人獨自站在離雜貨店門口有一段距離的地方，不知道該怎麼辦才好。

這一次，安安跟老闆花了比較長的時間才把東西選完，不過看了看新買的東西，其實並不是很多，主要還是把新誘餌的材料補齊而已。愛妲看老闆跟安安回到櫃台前，還趕快跑到老闆看不到的角度，好像一被老闆看到，就會又被強迫推銷什麼，而且她還一定會買一樣。這讓安安有點哭笑不得。

結帳的時候，老闆仔細的跟安安解說要怎麼樣把鈴鐺裝上新版的誘餌，因為安安為了要簡化誘餌的製作，讓誘餌不需要奶奶幫忙就能做好，新的誘餌幾乎可以說是有點接近生的肉丸子。軟軟的、而且有點容易散掉。

「這樣知道要怎麼把鈴鐺裝上去了嗎？」老闆很細心的想了幾個方法。

「嗯，我明白了。謝謝叔叔！」

「那麼，我期待你們的好消息喔！」

安安跟老闆大叔結完帳，愛妲就拉著安安頭也不回的跑回奶奶家。

回到家後，兩人立刻開始著手製作新版的誘餌。因為大叔協助提供意見的關係，新版的誘餌製作起來非常的簡單，重點是完全不需要奶奶的幫忙。兩個人把食材混在一起，一下揉一下捏的就輕輕鬆鬆完成了誘餌。而且重點是看起來還不錯。

在一旁煮午餐的奶奶看了非常好奇，所以走過來看了。

「怎麼今天這麼快就完成了。真是厲害！」

「這都是多虧了雜貨店老闆的幫忙，才能找到這麼簡單的做法。」

安安一邊把最重要的那個鈴鐺給插進誘餌裡面，並且用釣魚線將誘餌纏好，一邊開心的笑著。

「所以我說雜貨店的老闆人很好、而且也很厲害吧！」

「黑店……」

奶奶笑著轉過頭去繼續料理她那香噴噴的午餐，但是安安很明顯的聽到愛妲那個小聲的嘀咕，還差點笑出聲音來，所以被愛妲急忙的打了一下。

吃過午餐之後，兩個人繼續準備下午的誘餌作戰。這次安安跟愛妲先到街上左右觀察，是想要先找出一個好的位置放誘餌，而且最重要的是，也要找一個好的位置躲。因為昨天的失敗，安安覺得應該不能用同樣的方式，尤其是誘餌絕對不能放在奶奶家，否則小霸王一定不會再中計。

「我覺得，誘餌應該不能再放在昨天那個位置，應該要換一個地方。」

安安徵求愛妲的意見。

「我也覺得應該換位置，否則小霸王一定不會中計。不然，放在隔壁安娜奶奶家的庭院怎麼樣？」

「可是，要先跟安娜奶奶講一下才行。」

安安覺得愛妲的意見很好，但是兩人卻沒想到鄰家婆婆會反對。

「其實，我也不是不願意讓你們放誘餌。但就因為你們是想要引誘小霸王，所以放在我的院子裡面是沒有用的喔！」鄰家婆婆聽了兩人的說明跟緣由，笑著這麼說。

「老實說，你們知道嗎？其實在你們之前，這個小鎮上老早就已經有一個小霸王的死對頭了。」

「真的嗎？是誰？」

聽到了這個令他驚訝的消息，安安非常激動的想要知道，到底是誰在自己之前早就是小霸王的死對頭。而看著激動的安安，鄰家婆婆只是微笑著。

「就是我家的愛德華喔！」

「汪！」

鄰家婆婆一喊出這個名字，一隻有著漂亮金色毛的狗從她的屋裡面跑了出來。那隻狗很大，大到安安覺得自己甚至可以坐在那隻狗的背上了。

只是，狗追貓安安是可以理解，但他還是不明白鄰家婆婆所說的「死對頭」的意思。

「我想啊，愛德華應該也是小霸王認定的對手喔！因為小霸王也曾經好幾次想要闖進我的家裡，卻都被愛德華給趕走了。不過也因為有愛德華在的關係，小霸王基本上是不會進來我家院子的。而且即使小霸王想要進來，愛德華也一定會跑出來趕走牠，所以放在我的院子裡面是行不通的。」

「汪！」

「再怎麼說，你們的目標都是小霸王嘛！如果說小霸王不會來的話，不是就沒有用了嗎？所以我覺得要放誘餌的話，建議你們最好還是找大空地那邊會比較好。」

「汪！」

看著鄰家奶奶摸著愛德華，安安雖然有點失望，但他並沒有放棄的意思。

不過，安安並不想去鄰家婆婆所說的大空地，也就是安安之前狂奔然後累倒的那個地方。因為他知道那裡常常有很多孩子們聚集，而他想要打敗小霸王的這件事，他不希望讓太多人知道。最好是只有現在這些人知道就好。

接下來為了要放誘餌的關係，他跟愛姐兩人只好開始四處詢問周圍的幾戶人家，看有沒有人願意提供庭院讓他們當作放誘餌的地方。但因為目的是要引誘小霸王，所以就跟預期的一樣，沒有人願意借用庭院。

正當安安有些灰心時，愛姐想到了點子。

「不然，放在我家庭院吧！」

「咦，可以嗎？」安安很驚訝愛姐這麼說，因為他完全沒有想到要借用愛姐家院子這件事。

愛姐只是揮揮手，一臉無所謂的樣子。

「可以啦！反正我爸爸很少在家。」

「真的嗎？那太棒了！」

因為很快就決定了，所以安安本來有些失望的心情馬上煙消雲散。

講定之後，兩人來到愛姐家的院子東看看西看看，最後決定把誘餌放在一個很特殊的角落。那個位置在下午時因為太陽會直照的關係，非常的明亮，而且愛姐家門口的樹叢剛好可以讓兩人躲在陰影下面，所以是個非常好的位置。

兩人跟昨天一樣，躲在陰影下等待小霸王出現。

沒一會兒，一個黑色的身影出現在誘餌附近，兩個人靜靜的看著，幾乎要停止呼吸，仔細一看，果然是小霸王又再度出現。

「來吧！快把誘餌咬走！」

安安在心裡面大喊著，身體已經準備好要再度追上去。不過，這次小霸王在誘餌前面似乎是猶豫了一下，牠用貓掌輕輕的撥了誘餌兩下，並沒有馬上把誘餌叼走。

「為什麼不咬走呢？」安安有點緊張的說。

「你不要急啦！」

愛妲用手抓住安安的肩膀，怕他因為緊張激動的就衝了出去。

安安則是幾乎停止呼吸，他很擔心小霸王會因為自己昨天的失敗而不咬走誘餌。

就在安安與愛妲還在擔心的短短瞬間，小霸王叼起放在院子裡面的誘餌，一個轉身從樹籬笆下鑽了過去。安安發現小霸王的動靜，立刻往前追了上去，但是這一次他追得比較慢，就是怕發生跟昨天一樣的事情，只不過也因為這個原因，鈴鐺的聲音好像越來越遠。

「可惡！」

因為發現了這一點，安安趕緊使出全身的力氣衝刺，卻還是感覺鈴鐺的聲音越來越遠。

他努力的跑著，並且仔細想聽清楚鈴鐺的聲音到底是往什麼方向，只不過鈴鐺的聲音卻還是越來越遠。

漸漸的，鈴鐺的聲音已經小到聽不見了。安安則是已經跑到全身都無力了才停下來，蹲在路旁拼命的喘著氣。愛妲過了好一陣子才找到安安，發現他也沒追到小霸王，失望得一屁股跌坐在地上。

「這樣怎麼追得到啦！」

愛妲有點生氣的大喊了一聲，顯得非常的失望。安安雖然還在喘著氣，心理卻已經開始有了新的計劃。

「也許……也許有辦法喔！」

「什麼？」

愛妲看著安安的表情，感覺到他似乎是想到了什麼好方法。但是安安卻馬上轉過頭去左看右看，不知道在找著什麼一樣，這讓她感到有點心煩。

「這邊是……我看看……」

「你在找什麼呀？」

愛妲很好奇，明明追丟了小霸王，為什麼安安還能那麼冷靜的樣子。只不過安安很專心的看著對面的門牌號碼，然後轉過頭來看著愛妲。

「五街十七號，我們明天就從這裡開始。」

「咦？開始？等一下，你說的是什麼意思啊？」愛妲完全不懂安安是想到了什麼計畫。

「我是在想……」安安沉默了一下，仔細的想著該怎麼跟愛妲說明，然後才開口。

「我們跑不快，所以沒有辦法追到小霸王。」

「對，累死也追不到。」愛姐無奈的攤手。

「可是，我們不需要能夠追到小霸王，我們只要能找到牠的祕密基地就好了吧！」

「是沒錯啊！可是追不到小霸王，我們又要怎樣才能找到牠的祕密基地呢？」

「所以我在想，我們明天設下誘餌之後，就先來這裡等。等到我們聽到鈴鐺的聲音之後，再趕快往發出聲音的地方追過去，這樣不就好了嗎？」

聽完之後，愛姐驚訝的看著安安，並且仔細的想著這個辦法。

「可是，你確定小霸王會……小霸王是從這裡跑掉的嗎？」愛姐還是有點懷疑。

「我是不確定小霸王是不是從這裡跑掉的，但是我確定我跑到這邊的時候，鈴鐺的聲音是在那裡。」

安安指著他剛剛看著的門牌，五街十七號的方向。

「因為鈴鐺聲音很小，所以我不確定小霸王已經跑到多遠了，可是我確定是那個方向。」

「所以你的意思是，明天我們把誘餌放好之後，就先到這邊來等。如果小霸王從附近經過，我們就會聽到鈴鐺的聲音，然後再繼續追上去，這樣對嗎？」

「對！反正直接追也追不上，試試看也沒關係吧！」

「嗯……」

愛妲沒有辦法反駁兩人都追不上小霸王的事實，所以考慮了一下之後，就決定用安安臨時想到的新計劃。在一陣討論過後，兩人決定由愛妲負責放誘餌，安安一個人先到五街十七號的門前等，這樣同時可以顧著誘餌，也可以有人守著最後追到的地方。

重點是，愛妲堅持她就算追也追不遠，所以就由愛妲放餌，而安安負責全力去追。決定了之後，兩人回到奶奶家詳細討論明天的作戰計劃。

接下來兩天的時間，兩人一樣在早上先製作了新版的誘餌，然後在下午將近三點左右的時間出發，由愛妲設置誘餌，安安負責從前一天最後停下來的地方出發，直到安安確定追不到小霸王，才停下來休息，之後再跟愛姐會合。

計畫進行得非常順利。第三天下午，安安在小鎮西邊快要到邊界的地方停了下來。他很確定有看到小霸王往小鎮外的方向跑出去，所以決定在這邊先停下來，兩個人商量過後再決定接下來該怎麼做。

「所以說，小霸王的基地果然不在小鎮裡面嗎？」

「嗯！不過要跑到小鎮外面，會不會有危險？」

愛姐的口氣，就好像早已想到過這一點一樣。不過安安比較擔心的是危險性的問題。因為他答應過奶奶，絕對不會去做危險的事情，所以如果會遇到危險，他就得再想想別的辦法打敗小霸王了。

「這邊是小鎮的西邊吧！我聽說是以前小鎮還只是個小村子的時候，就是在這個方向。雖然算是在森林裡面，不過應該是沒什麼危險才對。我也沒聽大人有說過不要去西邊的森林玩，只有常常聽到不要去東邊的小山坡。」

愛妲回想著從大人那裡聽來的事情，並跟安安詳細的講了。安安考慮了一下，雖然非常的猶豫，但是他實在太希望能找到小霸王的祕密基地了，所以兩人決定要保密這件事情，並且做出「最後的誘餌」，等待明天的「最後決戰」。

安安跟愛妲決定明天要把誘餌放在離小鎮西邊近一點的地方，這樣才能夠兩個人一起追上去。晚上睡覺的時候，安安還躲在被子裡面祈禱，希望小霸王的基地不要離村子太遠，否則如果自己跟愛妲迷路或是受傷了，就等於沒遵守跟奶奶的約定了。

隔天，愛妲將誘餌放好之後，馬上來到安安昨天追到的地方，兩人屏息以待，希望小霸王會來到放置新誘餌的地方，並且把它給叼走。

但是這次，兩人等了很久很久，直到太陽都已經靠到山邊，發出橘色的光芒了，依然還沒看到小霸王的身影。最後，愛妲甚至等到靠在旁邊的籬笆上睡著了。

不過，安安還是一直在仔細的聽看看是否有鈴鐺的聲音。

四、大將

就在安安愈來愈失望，覺得應該要放棄的時候，突然間，似乎有鈴鐺的聲音從小鎮裡面傳來，他連忙把愛妲搖醒，並且站起來準備追上去。

愛妲本來還在半夢半醒中，聽到鈴鐺的聲音逐漸明顯，她幾乎是整個人跳了起來。

「安安？」

「一定是小霸王沒錯！」

安安覺得現在的自己幾乎跟第一次放誘餌的時候簡直一樣興奮。他已經迫不期待要往小鎮外面那個不知名的地方衝過去，但是為了不要遇到跟第一次一樣的狀況，他非常的小心，直到有個黑色的小小影子從小鎮裡面跑進了森林，並且聽到了響亮的鈴鐺聲，他才一個箭步衝了出去。

這是安安第一次在森林裡面奔跑。他跳過樹幹，繞過草叢，耳朵一直仔細聽著鈴鐺的聲音到底往哪裡去了。這次，愛妲緊緊追在他的後面，因為沒有辦法一直線衝刺的關係，才讓愛妲追得上安安的腳步。兩人一直往森林裡面去，但是安安也發現，他們兩人好像是在老舊的石頭路附近繞來繞去。

不久，兩個人跑到了一個神奇的地方，鈴鐺聲也消失了。

「這裡是？」

安安好奇的左右張望著。這裡有許多倒塌的老房子，大部份都是木頭蓋的，而且看起來都是很久很久以前的建築。而兩人一直追著的鈴鐺聲，也是在這附近消失的。

安安跟愛妲因為害怕這些老房子會倒下，或者是有什麼東西會掉下來，所以不敢隨便跑進老舊的房子裡面，只好到處走走看看，想知道小霸王是消失在哪裡。

「這裡應該是……小鎮以前還在森林裡的時候的舊村子吧！」

「好像是很久很久以前的地方呢！」

安安看著這些已經東倒西歪的老房子，一邊覺得很新奇，一邊找著小霸王可能跑到哪一間房子裡面去了。正當他要一間一間往裡面看時，忽然聽到許多鈴鐺的聲音，那是從一間很大的房子裡面傳出來的。

安安跟愛妲互向比了個安靜的手勢，一起墊起腳尖跑到大房子倒下的牆邊。牆邊有一堆老舊的箱子，已經壞掉堆成一座小山，安安覺得自己站上去應該剛好可以從牆壁的破洞往裡面看，不過愛妲卻搶先他一步爬了上去。

安安本來生氣的想要罵她，卻發現愛妲驚訝的張大嘴巴，一句話都說不出來。

「怎麼了？」

安安好奇的問，但愛妲只是指著裡面，稍微退了開來，意思是要安安自己來看。

安安探頭往牆壁上的破洞看了進去，差點大叫了出來。

他看到這個房子的裡面，有著非常多的貓咪聚集在一起。

這間房子就像是貓咪們的家一樣，許多貓咪在房子裡、橫梁上走來走去。而最重要的是，裡面有個雜草堆的旁邊，還有一群小貓圍在一起吃東西，旁邊有好幾隻大貓咪，正在把剛剛蒐集到的食物堆起來放在一起，要給小貓咪們吃。

隨著「喵」的一聲，安安往另一個方向看了過去，馬上就認出那個正在叫的是小霸王。

牠就像指揮貓咪們的指揮官一樣，在旁邊走來走去，而其他的大貓咪們就像是聽命的手下，慢慢的把食物堆在小貓咪的旁邊。

安安非常的驚訝，原來貓咪們在下午的時間蒐集食物，是為了要讓小貓有東西可以吃。他開始覺得小霸王在那理走來走去、喵喵叫的樣子變得不太一樣了。

現在的小霸王，不像他之前認為的是那麼無法無天的壞蛋，而是真的就像是貓咪們的老大一樣。而且還是帶頭照顧大家的老大。

「我原本以為，小霸王只是隻無法無天的貓咪而已，沒想到小霸王真的是貓咪們的老大。」

不知道為什麼，安安覺得自己對想小霸王的敵意忽然統統都消失了。

他看著小霸王照顧小貓的樣子，感覺像是爸爸在照顧小孩一樣，這讓他對小霸王有了一點點尊敬的感覺。

「怎麼辦？」

正當安安還在佩服小霸王的時候，聽到愛妲這麼說。他不知道愛妲是什麼意思。

「什麼怎麼辦？」

「這裡啊！這個祕密基地，我們本來以為是小霸王的祕密基地，想不到竟然是全部貓咪的基地，而且還有小貓咪。如果被大人知道，不知道大人會不會來破壞。」

「對喔！」安安想起這個小鎮的大人們，好像都非常討厭小霸王的樣子，就了解愛妲擔心的原因了。他覺得好像不應該讓其他人知道貓咪們的基地在這裡。

「如果家被破壞，那這樣小貓咪就太可憐了。」

「是啊！」

「那該怎麼辦呢？可是我已經答應雜貨店老闆了。」安安頓時苦惱了起來。

「就對他保密吧！說我們沒有成功。」

「這樣說謊不行啦！」

安安不知道該怎麼辦才好，他轉頭回去看著屋子內的小貓們，很怕這裡如果被破壞，會讓這些貓咪無處可去。

「不然……不然這樣好了。」安安想到一個方法。

「我們先不要跟叔叔講說我們找到了，只要跟他說可能在哪裡就好。」

「這樣黑店老闆一定會知道的啦！」

「不然該怎麼辦？」

「我們先不要跟他講啦！」

安安不懂愛姐為什麼會那麼討厭雜貨店老闆，並且非常堅持自己的立場。

不過安安也早在第一次見面時，就見識過愛姐神奇的堅持。所以他相信自己現在最需要的，是先搞清楚愛姐到底想怎麼做。

「妳的意思是說，當作我們什麼都沒找到，我們失敗了，是這樣嗎？」

「這樣說也對！反正，我們要假裝什麼都不知道！」

「那如果我們要講到這裡的事情怎麼辦？」

安安想了想，覺得這個神奇而且神祕的貓咪基地，自己一定會還想再過來。不過如果要假裝什麼都不知道，那一定不能在說話的時候提到小霸王這個名字。最好，也不要提到舊的村莊。

「不然，我們設計一個暗號。這個方法如何？」愛姐靈機一動，想到了這個方法。

「暗號？」

「就是，只要我們以後要講到小霸王跟這裡的事情，就用一個暗號代替。這樣一來，就只有我們才會知道是在說這裡。這樣怎麼樣？」

安安想了想，雖然覺得愛姐的提議還不錯，但是總覺得應該還有更好的辦法才對。

「我覺得，我們可以幫小霸王取一個新的名字，妳覺得怎麼樣？」

　　安安左想右想，總覺得「小霸王」這個名字，已經跟現在他所認識的小霸王不一樣了。所以他如果還是叫牠小霸王，那這樣就跟以前一樣了，沒有什麼不同。所以他想要給小霸王一個新的名字，一個跟現在他所認識的小霸王一樣，一個貓咪的老大、充滿威嚴的名字。

　　「新的名字？」

　　「對啊！新的名字。雖然小霸王很多時候真的無法無天，可是從貓咪的角度來看，他也是為了貓咪們的生活，所以才會翻垃圾桶、蒐集食物不是嗎？」

　　「是啊！可是，這跟名字有什麼關係？」

　　「妳想想，小霸王是因為牠無法無天所以才被大家這麼叫，可是我們知道牠的祕密，知道牠蒐集食物的理由，所以他已經不是無法無天的搗蛋鬼了，應該要換一個名字。」

　　「但是，要取什麼名字才好呢？」

　　「這個嘛……」

四、大將

安安雖然想要幫小霸王取一個新的名字，但是其實他並沒有想過要給小霸王什麼樣的新名字，一時之間也拿不出主意來。因為覺得取名字這個方法不錯，所以愛姐也低下頭來一起絞盡腦汁，想要想一個好的名字來稱呼一個全新的小霸王。

「叫做『老大』怎麼樣？因為小霸王就像貓咪們的老大嘛！」愛姐提議，但是安安覺得還不夠強。

「我覺得應該要更強一點的名字才行。」

「不然，叫做『隊長』？」

「還是叫做『領導』？好像也不太好。」

愛姐決定放棄，她覺得自己實在是想不出什麼安安所說的『很強』的名字，所以決定看安安有什麼主意。而安安則是苦思著要給小霸王的新名字，一邊碎碎唸著。

「團長……將軍……不然，叫做『大將』，怎麼樣？」

「大將？」愛姐沒有想到安安會說出這樣的名字。

「對呀！就像貓咪的將軍一樣！如果說小霸王是貓咪的將軍，不覺得很威風嗎？」

「原來是將軍的意思！好酷！」

「那就決定叫牠大將吧！」

愛姐仔細的考慮了一下，也覺得大將這個名字非常不錯，所以兩人決定將小霸王的新名字取叫大將，並且私下約定，絕對不能讓其他任何人知道大將以及貓咪基地的事情。

即使是雜貨店老闆、小鎮裡面的其他小孩、還是奶奶都一樣。

五、朋友

因為發現了小霸王的真面目，為了不讓其他人發現這件事情，安安跟愛妲將牠取名為「大將」，而安安也在心中對牠多了一分尊敬。也因為這段跟愛妲的冒險，安安變得喜歡在小鎮裡面跑來跑去，而不再只是窩在奶奶家裡。

但是，雖然安安不再討厭大將，但小鎮裡面還是常常聽到許多咒罵牠的聲音。尤其是大人們，好像是真的非常討厭大將的樣子。不過，為了要保守貓咪基地的祕密，安安只好什麼都不說，並且連雜貨店也不敢去。

又過了一個星期，安安已經完全習慣在奶奶家的生活了。小鎮裡面的小孩子們都很友善，所以安安有時候會跟他們一起在大空地那邊玩抓鬼的遊戲，有時候會一起在街上玩鑽樹籬的遊戲，把大人們整理好的草皮踩得亂七八糟。

只是安安也發現，愛妲好像不是很喜歡跟大家一起玩。所以下午的時候，安安大多都會跟愛妲一起跑去小鎮西邊的森林，那個貓咪的基地玩耍。

「舊小鎮這裡，有好多種沒有看過的房子。」

五、朋友

安安對舊小鎮這裡非常好奇，因為這裡有很多他沒有看過的東西，這也是他非常喜歡來這裡的其中一個原因。雖然這些房子大多都是已經壞掉的。

「這種房子以前好像是用來養雞的喔！」愛妲指著已經倒掉一半的木頭屋。

「這裡以前好像也有養牛喔！我在電視上看過這種房子，叫做牛舍。」

「真的！這個好像是要套在牛頭上的東西喔！」愛妲用手比出把放在地上那個大鐵環套在頭上的樣子，讓安安哈哈大笑。

「哈哈哈！那個愛妲妳應該搬不動吧！」

「搬不動啦！那是給牛用的東西。」

安安很喜歡跟愛妲一起單獨跑出來玩，雖然他不知道愛妲為什麼不喜歡跟大家一起玩，可是他覺得愛妲這個人非常的有趣。而且她也已經不會再堅持要安安叫她姊姊或是隊長，說話也沒有像一開始那麼討人厭了。

只是，安安還是非常在意一件事情。

「愛姐，為什麼妳不喜歡跟大家一起玩呢？」這個問題安安已經問愛姐好幾次了。

「因為大家都很幼稚。」只是每一次愛姐都這樣回答。

「其實，我不討厭跟大家一起玩，只是每次大家都是玩那些遊戲，尤其是男生，很愛加一些什麼變身的到遊戲裡面，我也不懂那是什麼，根本沒辦法一起玩啊！」愛姐說著說著，好像有點生氣。

「而且……」

「而且什麼？」

「沒什麼……我們去看貓咪吧！」

安安很好奇愛姐本來想說什麼，但是愛姐卻自己一個人先轉頭跑掉了，他只好急忙追了上去。

兩人這陣子很常跑來舊小鎮，也被貓咪們給發現了。但因為兩個人都沒有跑進貓咪群聚的小屋裡面，而且也沒有做出什麼破壞的舉動，所以貓咪們好像也不太在意他們。只有大將好像因為認出了安安，所以有時候會跑來對安安發出低吼，像是在挑釁。

但是，安安很希望能夠改變這樣的關係。自從他在貓咪基地第一次被大將發現，但是卻發現大將把自己當作敵人之後，他就一直這麼希望。

這讓他又開始想要再度挑戰製作先前研究的那些誘餌，但是這次不同的是，他想要直接把製作好的食物送給貓咪們。因為他希望能跟貓咪們變成好朋友，尤其是大將。

回去的路上，安安跟愛姐講了這件事。

「跟大將變成朋友？這太難了吧！」愛姐很驚訝安安會這麼想。

「可是，應該還是有辦法的吧！不，一定有辦法的啦！」

「那你想要怎麼做？」

「我想要再做誘餌。不過也不叫做誘餌了啦！反正就是再做一些食物來分給牠們，也許牠們會開始把我當作朋友看。」

安安看著變成橘色的天空，想像著自己跟貓咪們變成好朋友的景象。

「所以你還要去囉？黑店那邊。」

「呃……」安安差點忘記了跟雜貨店老闆之間的事情。因為被愛姐點醒，所以遲疑了一下。

「欸，總會有辦法的啦！」

但是為了成為貓咪們，尤其是大將的朋友，所以安安還是決定要面對這個挑戰。

隔天，安安跟愛姐兩個人早上先在奶奶家集合。愛姐提出了幾個要騙雜貨店老闆的方法，但是都被安安給駁回了。因為安安覺得不能欺騙別人，所以堅持不要用這種方式來隱瞞。雖然他心裡並沒有什麼好的方法，但是他覺得一定有方法可以瞞過雜貨店老闆。

「安安，你太天真了啦！那個黑店老闆超級陰險的，你要怎麼……」

愛姐本來想要提醒安安，但是話還沒說完，兩人已經看到不遠處的雜貨店門口，老闆正在那裡打掃著街道。愛姐害怕得有點卻步，但安安因為有自己的目標，所以便鼓起勇氣直接走了過去。

雜貨店老闆發現了愛姐跟安安，很快的轉過身來，露出了招牌的笑容。

「原來是安安跟小愛姐，你們很久沒有過來了呢！計劃怎麼樣？還順利嗎？」老闆故意壓低聲音說話，好像不太想讓其他人聽到那樣。但是安安一看到老闆的笑容，立刻後悔自己什麼都沒想就直接過來冒險了。

「呃……」安安的腦袋裡面變得一片空白，不知道該怎樣才能瞞過老闆。

「呃……大將……小霸王的祕密基地……」安安愈說愈覺得心虛，不知道該怎麼講下去。但是如果再這樣下去，他就勢必得把祕密基地在哪裡給說出來了。他不願意這麼做，但是……

「被你找到了吧？舊小鎮裡面的貓咪基地。」

安安跟愛姐驚訝的瞪大眼睛，他們完全沒想過會從雜貨店老闆口中聽到舊小鎮的事情。

「叔叔你怎麼……」

「唉呀！其實我早就知道了。哈哈哈！」雜貨店老闆用他那個非常大的嗓門笑著。但是安安跟愛姐已經完全被搞糊塗了。

「咦？咦？」

「我在想，你們應該是在想要怎樣才能不告訴我，對吧？」

安安現在總算知道，雜貨店老闆到底有多麼厲害。他完全沒有想過老闆有可能已經知道貓咪基地的事情，當然也不認為老闆會知道自己正在想，要怎麼樣才能夠瞞過他。但是這些想不到，都確確實實的發生在眼前。

「呃……這個嘛……」因為事情的發展出乎預料，讓安安完全不知道該說什麼才好。

「哈哈哈！我懂你們的想法。你們先進來吧！」

雜貨店老闆把畚箕裡面的垃圾倒進垃圾筒理面，然後走進了店裡。

安安回頭看著也一樣非常驚訝的愛姐，不知道該說什麼才好。但此刻，安安想起了他今天來到雜貨店的目的，於是他決定先不管這件事，便丟下了愛姐走進店裡。

「所以安安，今天要買什麼嗎？」老闆好像沒有打算要繼續講剛才的事情，不過安安實在很好奇，為什麼老闆會知道這些事情。

「叔叔，你可以告訴我，為什麼你會知道嗎？」

「知道什麼？貓咪的基地嗎？」老闆露出了笑容，走到櫃台後面去，然後從底下的抽屜裡面，拿出了那個之前教安安怎麼製作、安裝在誘餌上面的鈴鐺。

「因為我早就用過這個誘餌，並且成功的找到那邊了呀！如果我沒有用過，怎麼敢跟你保證有用呢？」老闆再次大笑了幾聲，並且拍了拍安安的肩膀。

「我跟你說，安安。我不告訴你我已經知道貓咪的基地在哪裡，就是想讓你自己去找到那個基地。因為你跟我說了你遇到的事情，我覺得你很有正義感，所以我覺得你如果自己去找到那個地方，一定會因為想要保護小貓咪，所以決定不跟大家說這件事情。」

「果然如果我所料，你是一個很棒的孩子。」

因為突然被誇獎了，讓安安覺得有一點不好意思。不過安安心中還是有一個疑惑，那就是他以為大人都很討厭大將。

「不過叔叔，你不討厭大將……小霸王嗎？」

「大將？」

雜貨店老闆發現了安安的口誤，一時之間還反應不過來。但是，他很快的就想通了，也讓安安不得不佩服這個老闆真的是很厲害。

「原來如此，你們為了不要被別人發現，還幫牠取了新名字啊？」

「呃……對呀！」但是安安還是對於不小心把大將的名字說出口這件事情，感到有點失敗。

「嗯……該怎麼說呢？雖然我也不喜歡小霸王破壞小鎮的東西，但是看到貓咪們聚集在那個地方，然後小霸王又為了那些小小貓蒐集食物，我覺得，貓咪們也是為了要活下去，才會做出這些事情吧！」

「小鎮裡面的大人們，因為貓咪常常會到處搗亂，所以都不是很喜歡貓咪。因為貓咪都會被趕走，不能在小鎮裡面生活，所以現在牠們跑到舊小鎮裡面去生活，就沒有關係了吧！」

安安聽著老闆的話，覺得他說得很有道理。

「不過，我也沒有跟其他人說過這個祕密喔！所以你們還是要保密才行！」

老闆笑著，最後把那個鈴鐺收到抽屜裡面，並且走出了櫃台。

「那麼安安，今天是來找些什麼啊？」

安安看著微笑的老闆，想了想剛才的事情，覺得老闆應該能夠瞭解自己的想法，所以就把自己想跟大將成為朋友的事情跟他說了。

「原來如此。所以你是想製作新的料理給小……給大將吧！」

「小大將？」

「哎呀！一時之間還改不過來，所以我也差點講錯。我是想，因為我也知道這個祕密，所以不如我們就用同樣的暗號，怎麼樣？」

「好呀！」

不知道為什麼，安安覺得雜貨店老闆跟自己的想法有很多同樣的地方。這讓他感覺像多了一個好朋友一樣，心裡非常的開心。

「那麼安安，這次想要挑什麼材料呢？」

老闆帶著安安進去店裡，重新挑選了之前誘餌用的材料。安安覺得，因為之前製作的誘餌有用，表示貓咪們應該會喜歡那個味道，所以這次他依然打算從同樣的類型開始做起。

重新買好材料之後，安安馬上拉著呆站在店門口的愛姐回到奶奶家，開始製作要給貓咪們的食物。

奶奶很好奇安安為什麼過了這麼久才繼續製作誘餌，不過為了保密，安安不願意告訴奶奶詳情，只是簡單的敷衍了幾句，就繼續專心的製作他的「貓咪料理」。

下午，安安把新做好的「貓咪料理」帶到貓咪基地。好像是因為聞到了味道，許多貓咪跑了出來繞著安安與愛姐打轉。安安把食物拿出來，分給在周圍繞圈圈的貓咪們。貓咪們好像很開心的喵喵叫著，並且把食物都叼進基地裡面。這讓安安跟愛姐都非常開心。

但是安安也發現，大將只是站在大屋倒下的柱子上，遠遠的看著自己跟其他貓咪們。安安之前看過大將那個樣子，是在他們兩個第一次相遇的時候，大將就是那個表情還有動作。

安安知道，大將一定不會那麼輕易地對自己放鬆戒心。畢竟曾經也算是死對頭，雖然安安知道那也算是自己單方面的認定，但是大將之前也的確跟他有過兩次的正面衝突，所以跟安安敵對也是正常的。

但也因為知道大將不會那麼輕易地相信自己，反而讓安安更想要積極努力的達成這個目標。

在回家的路上，他想著該怎樣才能更快的跟大將變成好朋友，也問了愛姐的意見，但是好像都沒有什麼特別的方法，所以他決定以後要每天都來，甚至還想看看自己能不能直接把貓咪料理拿給大將。

只不過短短幾天，貓咪們好像已經跟安安還有愛姐很要好了，但大將卻還是每次都站在那根柱子旁的上面，遠遠地看著自己跟愛姐。只是在看著兩人跟貓咪們的互動，讓安安覺得大將還是對自己有著強烈的不信任……這不禁讓他覺得有點沮喪。

「為什麼大將不願意靠過來呢？明明其他的貓咪都已經跟我們很好了

說……」

隔天下午，雖然早上已經做好了貓咪料理，但是下午安安卻沒有出門，只是待在奶奶家的院子裡面。

這個時候，鄰家婆婆發現了躲在院子角落的安安。

「怎麼啦安安，怎麼沒有出去跟大家一起玩呢？」

看著鄰家婆婆的笑容，安安發覺自己好像很久都沒有跟她講到話了。

「安娜奶奶。」

「怎麼啦？有什麼心事嗎？」看出了安安的心情，鄰家奶奶把修剪樹籬用的剪刀放到旁邊，從樹籬笆的縫隙走到安安身旁來。

「安娜奶奶，妳有沒有過很希望一個人跟妳作朋友，但是怎麼對他好，他卻都不願意理妳的經驗啊？」

不知道為什麼，安安很想問鄰家婆婆這個問題。

「嗯？有人不願意跟安安你做朋友嗎？」

「呃……沒有」

安安因為不希望讓更多人知道大將跟貓咪基地的事情，所以皺著眉頭露出了困擾的表情。鄰家奶奶好像也看出了安安不希望把細節講出來，所以就直接說了下去。

「跟誰的話……好像沒有耶。不過我跟我們家愛德華，一開始可不是那麼要好的喔！」

「是喔！」

安安一聽到鄰家婆婆要說的，竟然是跟自己家的愛犬愛德華的事情，他不自禁的坐正了起來，露出非常有興趣的表情。

「呵呵呵！其實啊，愛德華本來是一隻很討厭人的狗喔！所以牠也很討人厭，見到人總是會拚了命的大叫，而且在我剛領養牠之後還是這樣。」

鄰家奶奶稍微清了清喉嚨，看著露出期待眼神的安安，微微地笑了。

「在來到我家之前，我聽說牠在還是很小很小的小狗時，因為被人欺負的關係，曾經受過很嚴重的傷。在那之後，牠被送到了收容所，但是也就不再相信人了。」

「所以，那時雖然因為愛德華長得很漂亮，所以很多人都想要領養牠，但是牠都會到處叫、咬人，收容所只好把牠的嘴巴用狗嘴套套起來，只有在吃飯的時候才幫牠打開。但即使是這樣，牠還是會去用身體撞人，你也看過他了，牠那麼大隻，有很多小朋友都被他嚇到甚至受傷，所以收容所也頭痛到底要對牠怎麼辦。」

「後來，我遇到了牠。那個時候，婆婆的老公剛過世，所以覺得自己一個人生活實在是太寂寞了，所以決定要到收容所去領養一隻狗作伴。牠一開始也是會攻擊我，但是我力氣大，所以我可以不讓他咬到我，但是一直被他用身體撞到跌倒好幾次，一開始真的讓我很生氣。」

「但是啊！不知道為什麼，我總覺得就是牠了，牠一定就是我正在尋找的夥伴。所以我請收容所幫我留下牠，然後我每個禮拜都會去看牠，並且幫牠準備一些小禮物，像是比較好吃的牛肉罐頭之類的。我記得好像是過了兩個月吧！牠才慢慢的不會再攻擊我，後來我出現的時候，牠竟然會自己主動跑到我的身邊來。」

「所以，愛德華就跟安娜奶奶變成好朋友了嗎？」

「還沒有喔！」

鄰家奶奶微笑的看著露出驚訝表情的安安。

「我領養牠之後，我們也打架過好幾次。牠之前曾經咬傷小鎮的小朋友時，我還像這樣把牠抓起來壓住呢。」鄰家奶奶擺出了一個帥氣的壓制姿勢。

「但是，我一直相信愛德華總有一天一定會是我最重要的夥伴，所以無論牠每次怎麼讓我生氣，我只要處罰過牠，接下來我一定不會再因為那件事情生氣。有的時候牠也會調皮，但是我都會先去想牠是不是有想要達成什麼目的，而不是直接去處罰牠。」

「安安，你也是一樣喔！不管你是想要跟誰成為好朋友，你一定要先從他的角度去想一想，看看他需要的是什麼，而且你絕對不能先放棄，這樣，你才有機會讓對方相信你。」

安安靜靜的聽著鄰家奶奶的話，安安覺得很有道理。一開始，也是因為自己的決定，所以才跟大將成為死對頭。而現在，也是因為自己的決定，希望能成為大將的朋友。所以無論大將是怎麼樣不相信安安，其實都沒有錯，因為決定要成為敵人還是朋友，都是安安自己決定的。

也是因為這樣，所以安安覺得自己應該要為了這些決定負起責任。既然想要成為大將的朋友，那麼他就應該要拿出更多的誠意跟耐心才行。

「我明白了，安娜奶奶。謝謝妳！」

本來非常沮喪的安安，對大將的事情總算是比較釋懷了些。他打起精神，從草地上跳了起來，給了鄰家奶奶一個大大的微笑，然後跑進了屋內。

他簡單的收拾了他每次出去都一定會帶著的小背包，帶了水壺、還有貓咪料理，獨自一人往貓咪基地走去。腦中想著許多要怎樣才能跟大將變得要好的計劃，但才走不到一半，他想起自己忘了要找愛姐一起討論，這才急急忙忙的回到愛姐家，卻發現愛姐站在庭院裡面，她旁邊有兩個大人好像正在吵架。

六、追逐

因為不知道發生了什麼事情，所以安安決定先偷偷地靠過去偷聽。

他躲到愛姐家的樹籬笆下面，並且往裡面爬，不過因為兩個人吵得非常大聲，所以安安雖然距離得很遠，但還是聽得非常的清楚。

「妳每次都是這樣，明明久久才來一次，結果一開口就講一大堆莫名其妙的事情！」

「你少在那邊找藉口，你這個男人……」

安安聽了一會兒，但是聽不太懂那兩個大人是在吵什麼，只知道自己想趕快找愛姐一起去貓咪的基地而已。而且即使看不清楚愛姐的表情，安安也覺得她好像只想要趕快離開，所以他決定要直接走過去找愛姐。

只不過當安安才剛退出樹籬笆下面，就聽到了一聲很大的喊叫。

安安很快的跑到愛姐家的門口，看見一個年輕的女人正將愛姐拉著走了出來。在兩人視線交錯的瞬間，安安想要伸手拉住愛姐，但是那個女人很快的帶著愛姐坐進了停在她家門口的一台白色轎車，急急忙忙的開走了。回頭一看，剛剛在吵架的另一個人，則是用手摀著臉倒在地上。

安安趕緊跑到那個男人的身邊，發現他正在地上痛苦的掙扎。臉上沒有被手擋住的地方非常的紅，看起來好像很痛的樣子。

「叔叔，你沒事吧？」因為男人一直在掙扎的關係，安安怕自己會他給被踢到，所以也不太敢靠近。但是那個叔叔在聽到了安安的聲音之後，反而冷靜了下來。

「嗚嗚……」他掙扎著，雖然用雙手捂著眼睛，但是還是把身體側翻了過來。他好像想嘗試看著安安，可是眼睛卻張不開。安安看得出來他的臉上那些紅色，應該是很痛的。

「你是……誰？」因為沒辦法看，男人只好用問的。看他好像不再胡亂掙扎，安安這才慢慢的靠了過去。

「我是安安，是愛姐的朋友。」

「愛姐的朋友……安安……你能不能幫我拿點水？」

看著男人痛苦的樣子，安安很不忍心，所以把自己小背包裡面的水壺拿了出來，並且交給了他。他把水倒在自己的臉上，然後用袖子用力的擦臉，慢慢的，他才有辦法睜開眼睛，看著安安。

「可惡，那個女人竟然用防狼噴霧。不行！我得去把愛妲追回來。」

恢復了視覺之後，男人生氣的說著，並且把水壺還給安安。

「謝謝你，小弟弟。叔叔我還有事，所以要先去忙了。」

他很快的站了起來，走到了車庫裡面。但是安安聽了他的話之後，跟了上去。

「小弟弟？」男人驚訝的看著安安，不知道他想幹嘛。

安安說：「叔叔你要去追愛妲對吧！我也要一起去！」

「不行！小弟弟。叔叔我是要……」

男人聽了安安的話之後非常的驚訝，連忙開口拒絕。但是安安卻打斷了他要說的話。

「你是要去追愛妲，沒錯吧！請您讓我一起去！我一定可以幫得上忙的！」

「……好吧！快上車！」

回想著剛才看到愛妲離開前的眼神，安安非常確定，他一定得跟去才行。而男人也不想再跟安安繼續推辭，為了要趕快動身，只好答應讓安安一起跟來。

他打開了車庫的門，隨著「碰！」的一聲，兩個人把車門一關，他的那台藍黑色的車子就衝出了愛妲家的庭院，開進了馬路中。

一開始，男人一直用左手揉著眼睛，看起來好像還是非常的不舒服。安安一直沒有說話，只覺得車子好像隨著每一次的轉彎愈開愈快，最後，車子開上了一條又寬又大的馬路。安安認得這個地方，因為爸爸也是從這裡開進小鎮的。

「小弟弟，你說你是愛妲的朋友，是嗎？」開上大馬路之後，男人第一次回頭看著安安。他的眼睛應該又比先前好了一點，因為看起來沒有那麼紅了。

「我叫做柯瑞安，您叫我安安就好了。」

「安安啊……我有聽愛妲說過，你是艾琳女士住在都市的小孫子對吧！」

「嗯！」

「我是愛妲的爸爸。」

「原來是蘇叔叔。」

安安聽說過愛妲的爸爸因為工作的關係，所以幾乎是所有的假日都要在外頭到處跑。也因為這個關係，他很少有時間在家裡陪愛妲，這也就是為什麼愛妲會常常跑去找奶奶的原因。

今天也是安安第一次見到愛妲的爸爸。

「那個帶走愛妲女人，我不知道你有沒有看到，她是愛妲的媽媽。她很少來看愛妲，可是每次來都會跟我說要把愛妲帶走什麼的，總是會跟我大吵一架，我還真沒想到她今天會拿那種東西攻擊我，真的很可惡。」

蘇叔叔把臉轉回去看著馬路，安安感覺得出車子開得愈來愈快。

「咦，把愛妲帶走？蘇叔叔沒有跟阿姨住在一起？」

「是啊！我們離婚了。」

「離婚？」

聽到「離婚」兩個字，安安想了想，記得好像奶奶也說過一樣的事情。而蘇叔叔則是發現安安好像不懂離婚的意思，連忙解釋了起來。

「呃……離婚就是……爸爸跟媽媽，雖然還是小孩的爸爸跟媽媽，但是兩個人已經不再是老公跟老婆了。嗯……這樣說安安聽得懂嗎？」

「嗯，聽得懂。就是爸爸跟媽媽已經不在一起了。」

「是啊……」

講到這裡，蘇叔叔好像想到了什麼，他轉頭回去看著馬路，但是安安看了看他，總覺得他好像有想要說些什麼。

「安安的爸爸媽媽……很要好嗎？」

蘇叔叔的語氣突然變得非常的溫和，可能是因為不知道安安家裡的狀況，所以只是嘗試的隨口問一下。安安也聽出蘇叔叔好像有什麼其他的想法，不過他覺得自己的家裡很好，所以沒有什麼好隱瞞的。

「嗯！很要好喔！媽媽都會做爸爸很愛吃的菜，爸爸也會帶媽媽喜歡的點心回家。放假的時候，爸爸也常常帶我跟媽媽一起出去玩。」

「這樣啊……」

安安看著大嘆一口氣的蘇叔叔，覺得他好像有點難過，所以安安覺得有點不太明白。

「所以，為什麼要分開呢？爸爸跟媽媽在一起不是很好嗎？」

「咦？啊！」

蘇叔叔非常訝異安安會這麼說，一不小心讓車子在路上晃了一下。因為車子速度很快的緣故，兩個人都嚇了一大跳。

「呃……其實，有很多原因啦！就是我不喜歡你那個，你不喜歡我這個，所以會一直吵架。」

「可是……可是……」安安聽著蘇叔叔的話，還是覺得不太懂。

「可是，當爸爸媽媽決定要成為爸爸媽媽的時候，不是就說好要一起克服難題，為對方著想嗎？」安安回想著以前爸爸跟自己說過的話。蘇叔叔沒想到會從安安的口中聽到「一起克服難題，為對方著想」這些話，感到非常非常的驚訝，一時之間竟然說不出話來。

「蘇叔叔很討厭愛妲的媽媽嗎？」安安看著蘇叔叔的臉，露出了疑惑的表情。

「不……其實我……其實我並沒有很討厭她。但因為只要我們兩個在一起就會一直吵架的關係，家裡常常都是很不愉快。我知道愛妲也不喜歡這樣，所以還是離婚比較好。」

雖然眼睛一直看著前面，但是從側面看著蘇叔叔的安安，總覺得他好像也有點懷疑。

「蘇叔叔，你有問過愛妲的想法嗎？你知道愛妲的媽媽是怎麼想的嗎？」

「咦？」蘇叔叔又再一次因為安安的話而感到非常疑惑。

「你這樣不行啦！蘇叔叔，你要親口問她們才行！」

「呃……這……」

這時，安安想起了才剛聽到沒多久的鄰家婆婆的故事，於是就把故事簡單的說給了蘇叔叔聽。

「可是，那是人跟狗……」

「就因為連跟狗狗相處，都需要從對方的角度去想一想，知道牠真正需要的是什麼，並且為了要跟牠的關係變好，絕對不能放棄努力。那麼如果要跟一個人變好，是不是也應該要做出一樣的努力才行？」

安安同時也想起了自己跟大將的事情，其實說這些話，同時也是在幫自己打氣。蘇叔叔則是在聽了安安的話後，變得一句話都說不出口。

過了一下子，蘇叔叔把車停在路邊，並且拿著手機下了車。安安不知道他打電話給誰，也聽不清楚他說了些什麼，但是安安看著他講電話的表情，相信他一定是聽了自己所說的話之後想到了什麼，所以正在「為了讓兩個人的關係變好，絕對不放棄努力」。

講完電話之後蘇叔叔回到了車上，但是一句話也沒有說，只是接下來的那段路，安安很明顯的覺得車子沒有之前開得那麼快了。過沒多久，安安就在不遠處的前方看到了那輛好像在哪裡看過的白色車子。車子的旁邊站著一個人影。

他們停在白色車子的後面，安安跟蘇叔叔一起下了車。他看到愛姐的媽媽站在路邊，而愛姐則是還在車子裡面。但是一看到安安，愛姐馬上驚訝的打開車門，跳了下來。

「安安，你怎麼會在這裡？」

「哎呀，說來話長。」

現在的安安，不太想理愛姐那張驚訝的表情。他轉頭過去看著兩個大人，只想要聽清楚他們所說的話。他很想知道蘇叔叔會做出什麼樣的決定，還有接下來會怎麼。因為在後來那段開車的過程中，安安很明確的感受到蘇叔叔因為自己所說的話而有了全新的想法。

「我知道，今天是我不好。但是，我覺得妳不應該用這種方式帶走愛姐。」蘇叔叔的語氣跟一開始生氣的時候完全不一樣了，安安覺得現在蘇叔叔的語氣變得比較溫柔，但是愛姐的媽媽好像還是很生氣。

「什麼叫做我不應該，我那叫做正當防衛！你都差點要攻擊我，誰知道你會不會傷害愛姐？」

「如果妳是因為那件事情，我可以道歉。而且我也可以保證，我是絕對不可能會傷害愛姐的。如果妳真的想要帶走愛姐，只要是用正規的方式，那我就毫無怨言。但是，妳還是不能用這種方式強行帶走她，這樣是不對的。」

不知道為什麼，愛姐的媽媽聽到了這裡，反而雙手插腰，眉毛挑了起來。

「正規？你是說打官司嗎？」

「要打官司也沒關係，只要妳願意好好的說，我都願意聽。」

「你……」然而講到了這邊，愛姐的媽媽好像又因為蘇叔叔的語氣了嚇了一大跳。

「你為什麼……突然說出這種話？」

「這件事……」蘇叔叔回頭看了安安一眼，苦笑了一下。「這件事我之後再跟妳說吧！但是當我願意好好的聽妳說的時候，我希望妳也能好好的聽我說，可以嗎？」

「……好吧。」聽著蘇叔叔這麼說，愛姐的媽媽語氣也不再那麼強硬。

「我會……我會再觀察你的，愛姐就先暫時留在你這裡！」

說完，愛姐的媽媽轉過頭來，走到愛姐的身旁，蹲了下來。

「愛姐，雖然會很寂寞，但是要請妳先暫時留在妳爸爸身邊，好嗎？我會再來找妳的。」

「好。」愛姐只是微微地點點頭。愛姐的媽媽轉頭看向安安。

「你是？」

「安安。我是愛姐的朋友。」

「安安，謝謝你幫叔叔阿姨陪愛姐。可能要再麻煩你幫我們多陪她一陣子，可以嗎？」

「好啊！沒問題！」

「謝謝你。」

安安覺得愛姐的媽媽說話非常的溫柔，實在很難想像她跟蘇叔叔兩個人會常常吵架。

可是安安也知道，大人之間也有許多大人的煩惱，所以他現在只希望自己能夠幫助蘇叔叔把愛姐追回來，並且不要讓她的爸爸媽媽再繼續吵架，這樣就夠了。

之後，愛姐的爸爸媽媽又講了幾句話，愛姐的媽媽就自己開車走了。回去的路上，安安跟愛姐講了為什麼會跟著蘇叔叔追上來的原因，並且也跟愛姐說了鄰家婆婆的故事。蘇叔叔則是安靜的聽著兩人的對話，並且不時的被兩人的拌嘴逗得哈哈大笑。

安安也暗自在心中祈禱著，希望這一幕有機會出現在愛姐的一家三口之間。

七、病情

幾天後，安安幫蘇叔叔救回愛妲的「事蹟」很快的就在小鎮裡面傳了開來，奶奶也間接從鄰居的口中得知這件事情而感到非常的驚訝。

只是這時候的安安，還在忙著要跟大將成為真正的朋友而努力著，不但比較少跟其他街上的小孩們一起出去玩，還研究起新的食譜來了。而愛妲則是因為也想要跟貓咪們變得更加要好，所以決定跟安安一起行動，兩個人根本沒有注意到這件事情。

奶奶非常好奇安安這陣子為什麼有這麼大的轉變，於是到廚房裡面，尋找正在製作貓咪料理的兩人。

「安安，我聽說囉！你最近在小鎮裡面很有名呢！」

「咦？為什麼？」

安安聽到奶奶不尋常的語氣，驚訝得丟下了手中正在捏的肉丸子。

「就是愛妲還有蘇先生的事情呀！愛妲，妳怎麼也沒告訴艾琳奶奶呢？」

「這……」

安安跟愛妲兩人互看了一眼，不知道該從哪裡說起才好。因為發現兩個人都不知道該說什麼才好，奶奶自己在餐桌旁坐了下來，開始動手幫兩個人一起製作貓咪料理。

安安想了想，覺得自己好像已經有很久沒有像剛開始製作誘餌那時候一樣，會常常找奶奶講話，所以就把這陣子的事情都跟奶奶說了一遍，只有把貓咪基地在哪裡給保密沒說出來。

「我們還給小霸王取了一個新的名字，叫做大將。」

「大將？」

但是奶奶聽到大將的名字，似乎很驚訝。

「怎麼了，奶奶？你不喜歡大將這個名字嗎？」

「沒有啦！沒有不喜歡。只是很好奇，為什麼你們會幫牠取這個名字呢？」

「那是因為牠不只是像是貓咪們的老大，如果是帶領所有貓咪，應該很像貓咪的將軍一樣吧！所以就叫大將，是不是既帥氣又強悍！」

「原來，原來是將軍的意思。真有趣！呵呵呵！」

安安看奶奶笑得那麼開心，總覺得今天的奶奶反應有點特別。他覺得奶奶好像在想著什麼自己不知道的事情。他很好奇，可是一時之間又不知道該怎麼問才好。但因為實在是太好奇了，所以安安還是決定開口隨便問問。

「奶奶，您怎麼那麼開心的樣子？」

「呵呵，其實呀，安安你爺爺的名字，也叫做大將喔！」

「什麼？真的嗎？」

安安非常驚訝會奶奶口中聽到這樣的事情，想不到自己心血來潮幫小霸王取的新名字，竟然剛好跟自己的爺爺是同樣的名字。

「是真的喔！而且你爺爺以前也說過跟你一樣的話！」

「真的嗎？」

「是啊！」

聽著奶奶所說的話，安安從本來非常驚訝，慢慢變得覺得非常的開心。

七、病情

因為大將的名字跟爺爺的話題，他很開心跟奶奶有新的話題可以聊天。奶奶開始說起爺爺以前的故事，安安跟愛妲一邊作著貓料理、一邊聽著奶奶跟爺爺以前的趣事，覺得非常的有意思。

但是聽著聽著，安安發現奶奶有點不對勁。

「奶奶，妳流了好多汗！」

安安發現奶奶臉色有點發白，並且脖子上流了很多汗。他伸手去抓奶奶的手，卻發現奶奶的手很冰冷。

「奶奶，妳不舒服嗎？要不要去休息一下？」

「艾琳奶奶，您要不要喝點溫開水？」愛妲也開始緊張了起來。

「不用擔心，奶奶只是有點……頭暈。」

「頭暈？頭暈的話先去床上躺一下……奶奶！」

安安跳下椅子，本來想扶著奶奶讓她回去房間休息，沒想到話還沒說完，奶奶的身體突然歪到一邊後，就從椅子上跌了下來，讓安安跟愛妲都嚇了一大跳。

「奶奶！你沒事吧？奶奶！」安安大叫著，但是奶奶好像已經昏倒了，完全沒有反應。安安沒有遇過這樣的狀況，一時之間也不知道該怎麼辦才好。

「安安，我去找人來幫忙！」

愛妲看到奶奶昏倒了，因為兩個人也不知道該怎麼辦才好，她想到的唯一辦法，就是趕快出去找其他的大人來幫忙，於是愛妲急急忙忙的跑出了奶奶家。安安因為不能單獨丟下奶奶，只好把奶奶稍微扶起來，並且讓奶奶的頭靠在自己的膝蓋上。

不到一分鐘，愛妲帶著鄰家婆婆跑了進來。

「艾琳？艾琳？」

鄰家婆婆拍著奶奶的臉，叫了幾聲，但是看奶奶沒有反應，很快的就跑到走廊上，拿起奶奶家的電話撥了出去。

「喂？請問是醫院嗎？我們這裡需要救護車⋯⋯」

講完電話之後，鄰家婆婆走到浴室去拿了一條浴巾跟毛巾，把浴巾當成枕頭讓安安可以起來，並且用毛巾幫奶奶擦汗。過了一陣子之後，救護車就來了。安安、愛姐跟鄰家婆婆都上了車，跟奶奶一起到了醫院。

因為不知道昏迷的原因，醫生將奶奶推進了『急診室』做緊急檢查。三個人只能待在外頭，讓安安非常非常的擔心。

安安想起了之前奶奶因為不舒服而昏倒在走廊旁邊的事情，回想最近的奶奶，好像都沒有在吃藥的樣子，也沒有聽奶奶說要去看醫生而出門。這讓他感覺到非常擔心，但是又有點生氣。

「奶奶一定是因為之前的事情……她一定沒有再來看醫生！」

「安安，你是說之前艾琳奶奶不舒服的那件事情？」

「對啊，一定是！奶奶那個時候就說她不想再看醫生。但是這樣怎麼行呢！」

安安氣得開始跺腳，覺得奶奶實在是很無理取鬧。可是仔細想想，安安自己也完全忘記了這件事情，又不知道該怎麼說奶奶才好。

「安安，這不是你的錯。你的奶奶應該也知道自己需要再來看醫生才對，所以她一定是忘記了，才沒有再來看醫生。總之，你不要太擔心。我們已經把她送到醫院了，醫生會把她治好的。」

「就是啊安安！艾琳奶奶已經來到醫院了，一定會沒事的！」

愛妲跟鄰家婆婆都安慰著安安，但是安安還是很難冷靜下來。他覺得自己現在既生氣又擔心，不知道該怎麼形容自己現在的心情才好。他現在只覺得很煩，就像那個因為太過無聊的下午，他希望能夠跑一跑，並且一個人靜一靜。

「等等，安安你要去哪裡啊？」

安安無視了愛妲的問題，站了起來，轉身跑出了醫院。醫院外面有個很大的自然廣場，有許多住院的人會到樓下來散步，但是安安不希望身邊有任何人來打擾，所以他只是一直跑，直到穿過馬路到了醫院對面的公園裡，他才停了下來。

他找了一個大樹底下坐著，抱著雙腿，卻不覺得離醫院比較遠了，煩惱的事情有比較少。

七、病情

「奶奶真的很討厭，跟她說要看醫生也不來看，現在都昏倒了，也不知道會不會好起來……」

「奶奶一定是生了很重的病，但是不願意跟大家說，所以才不想來看醫生……」

說著說著，安安覺得自己開始有點害怕了起來，也開始覺得有點想哭。

他發現在不知不覺中，本來跟他無話可說，只讓他覺得非常無聊的奶奶，現在卻讓他擔心到坐立難安。他開始討厭那些跟奶奶相處過的時光、跟奶奶美味的料理。因為如果沒有這些，也許他現在不會覺得那麼擔心。但他覺得，他沒有辦法真正討厭那些東西。因為他真的很喜歡來到奶奶家之後的這些事情。雖然跟曾經跟大將勢不兩立，平板電腦壞掉，不知道該跟奶奶說些什麼……但是現在已經完全不一樣了。

這讓他感到更加的擔心。

「安安，你怎麼忽然跑掉了？這樣我們都會擔心的。」

鄰家婆婆的聲音出現在安安的身旁。安安抬頭看著鄰家婆婆，突然有點想抱著她哭。

「沒有，我只是……」安安用袖子擦掉還在眼睛裡面的淚水。

「我只是很擔心，可是又不知道該怎麼辦，覺得很煩，所以不想待在醫院裡面。」

看著這樣的安安，鄰家婆婆輕輕拍了拍他的頭，露出了跟奶奶一樣的溫柔笑容。

「安安是個好孩子，我也知道你很擔心。可是，如果你不在那裡等，也許奶奶很快就出來了啊！這樣奶奶不就找不到你了，不是嗎？」

「可是如果……如果……」安安又激動了起來。

「如果？」

「如果奶奶會死掉怎麼辦？」

鄰家婆婆非常驚訝安安會提到「死掉」這件事，她也沒有想過奶奶可能會死掉這件事，原來才是安安最擔心的事情，所以一時之間也不知道該跟安安說什麼才好。

「因為奶奶……好像病得很嚴重。上次她在走廊上差點就要昏倒，這次卻是直接昏倒。我真的很害怕，不知道該怎麼辦才好。」安安愈說愈激動，說著說著就哭了出來。

「可是奶奶……又說她沒事，不願意來看醫生。我跟她說這樣子不行，她也不聽。所以我沒辦法啊！可是如果奶奶因為生病死掉，那我該怎麼辦？」

看著淚流滿面的安安，鄰家婆婆蹲了下來，將安安輕輕的抱住。

「你會這麼擔心，我想你奶奶一定會很開心的喔！而且啊安安，你要知道，我們人都是會死的，總有一天，我們都會去天堂。」

「我知道，我知道啦！可是，我還是不希望奶奶死掉啊！」

「你知道嗎？還是有一個方法，可以把已經死掉的人留在我們身邊喔！」

「咦？真的嗎？」安安驚訝的看著鄰家奶奶。

「真的！」她再次摸了摸安安的頭，靜靜的說著。

「那個方法就是，我們要認真而且用心的跟我們所愛的人相處，並且把跟他所有的美好回憶都記下來。這樣一來，即使我們心愛的人死掉了，他也可以因為我們心中的那些美好的回憶，就像是他還留在我們身邊一樣。我想，你的奶奶也一定是把對你爺爺的回憶留在心理，所以在她的心中，爺爺雖然已經死掉了，可是卻還是像活著一樣。」

安安回想早上奶奶跟自己還有愛姐說爺爺的故事時，那個開心的表情，真的就像是爺爺還活著一樣，不禁佩服起鄰家奶奶。

「可是，我還是不希望奶奶死掉。」安安有點難受的說。

「我也不希望啊！所以你也要記得，等一下醫生治療好奶奶之後，你一定要把你剛剛的想法跟奶奶說。這樣一來，奶奶才會知道你的想法。我想奶奶也一定不希望安安難過，所以奶奶就會來看醫生，並且也會乖乖吃藥，你覺得有沒有道理？」

「對！這樣奶奶應該就會願意來看醫生了！原來連這件事情，也是需要把自己的感覺好好的告訴對方的，對嗎？」

「原來安安都記得啊！」

安安跳了起來，快速的把眼淚擦乾。他很快的抱了一下鄰家婆婆，臉上綻開笑容。

「謝謝您，安娜奶奶，我們趕快回去吧！也許奶奶已經從急診室出來了也不一定。」

「說得對！」

接著，安安拉著鄰家婆婆一起回到了醫院裡面。才剛回到把奶奶送進急診室的地方，就看見醫生連同護理師們一起把奶奶給推了出來。奶奶雖然臉色不是很好，但是已經可以坐了起來。

「奶奶！」安安跑了過去，撲倒在奶奶的床上。

「奶奶還好嗎？」安安抬頭看向一旁的醫生，醫生露出「沒事了」的笑容。

「現在已經沒什麼問題了，只是因為忘記要再來拿藥回去吃，所以才會變得這麼嚴重。等一下休息過後，記得要去拿藥再回家。只要記得一定吃藥，就沒有大礙了。」

醫生看了奶奶一眼，互相點了點頭後，護理師就幫忙將床推到走廊邊，並且讓奶奶換上輪椅。

在鄰家婆婆幫忙推著輪椅走到領藥處的過程中，安安跟奶奶說了剛才在公園裡跟鄰家婆婆說的話。奶奶非常驚訝安安會擔心自己可能死掉的事情，所以一口答應安安一定會按時吃藥。

「就這麼說定了喔！」安安非常堅決的看著奶奶，並且伸出了小指頭。

「好！奶奶答應你，絕對會按時吃藥，也絕對不會輕易地死掉！」

在愛姐跟鄰家婆婆的面前，他們兩個人的小指勾在了一起。

今天，安安跟奶奶，許下了第一個約定。

八、迷路

接下來的幾天，安安都沒有出門去玩，連貓咪基地都沒有去，而是決定留在家裡陪奶奶，並且不時的監督奶奶吃藥的事情。但是，這也讓他發現了新的樂趣。

他喜歡跟奶奶到書房裡面去找有趣的書來看，並且幫忙料理午餐跟晚餐。愛妲也會到奶奶家裡來玩，一起幫忙做料理，跟安安一起幫奶奶整理草皮，一點也不無聊。

而最讓安安驚訝的是，奶奶從醫院回來的兩天後，大將竟然自己跑到了奶奶家裡面來。而且在看到安安的時候，也連一點挑釁或是威嚇都沒有，反而是很好奇的走到正在修剪草皮的安安跟愛妲身旁。

安安很開心，覺得大將是來找自己，所以伸出手想要摸牠，但是大將卻往後跳了一步。

「看來，還不算是好朋友呢！」

安安笑著抓抓頭。雖然本來也沒想過那麼容易就能夠成功與大將成為好朋友，但是發現牠還有戒心，還是覺得多少有一點失望。

八、迷路

「你等我一下！」

安安指著大將這麼說，然後跑進屋子裡面，從冰箱拿出那天跟奶奶一起做好的貓咪料理。大將把肉團在地上翻了幾下，並且用舌頭嚐了嚐味道，好像很開心的喵了兩聲，就把肉團給叼走了。

安安看著離開的大將，不知道為什麼，反而覺得有點開心。

「進步很多了喔！」奶奶從屋子裡面走出來這麼說著。看來奶奶應該是有看到剛才的那一幕，她笑得非常燦爛。

「還不行啦！我一定要讓大將跟我變成超級好朋友！」安安笑著說，並且擺出了一個勝利的姿勢，讓愛姐跟奶奶都笑了出來。

也因為大將的來到，安安繼續開始執行跟貓咪們交朋友的作戰計畫。他拿出了之前為了要製作誘餌而列出來的第三代清單，跟奶奶還有愛姐一起討論作戰計畫，從裡面又挑選了兩、三種新的貓咪料理，好讓大將跟其他貓咪不會吃膩。

接下來的幾天，大將都會準時的出現在奶奶家的庭院。雖然待的時間都不長，但是牠跟安安還有愛姐的關係好像越來越好。不過因為只有愛姐有摸到大將的關係，所以讓安安氣得直跳腳。

「可惡！明明是我跟牠比較好！為什麼只有愛姐可以摸牠？」

「一定是因為我是女生！」愛姐理直氣壯的指著安安。

「應該是因為你們之前有過衝突吧！你們不是有說過，安安有跟大將對決幾次？」

「原來如此，一定是這個原因！」聽了奶奶的說法，安安才恍然大悟。

「才不是，一定是因為安安太矮了！」

「妳不要嘲笑我啦！」

連續好幾天的下午，這樣開心熱鬧的戲碼總是在奶奶家的庭院裡上演。三個人跟一隻貓有著非常快樂的互動，而且大將也不會再因為奶奶在院子裡面的關係而不敢接近，反而有時候會主動接近奶奶身旁，跟奶奶對望著。

「其實仔細看，大將好像也沒有長得那麼兇呢！」

八、迷路

「就是啊！大將不是長得兇，而是威武喔！因為他是貓咪老大嘛！」

「你之前一定不是這樣想的！」

像這樣，包括愛妲的諷刺在內，安安也逐漸習慣了小鎮的生活。

有時候，小鎮的孩子們會來找安安一起出去玩，但是安安一定會在中午之前回到奶奶家，除了跟奶奶一起享用美味午餐之外，也會動手製作貓咪的餐點。

下午的時間，安安一定會陪奶奶在院子裡面聊天或是一起看書。愛妲跟大將則是幾乎天天都會過來，所以安安一點也不擔心會沒事做。

有的時候，安安也會跟愛妲一起跑去貓咪的基地玩耍。雖然還不敢進去那個小小貓所在的屋子裡面，不過當安安跟愛妲出現時，很多的貓咪都會主動跑出來迎接，讓安安跟愛妲真的覺得現在自己已經是貓咪們的好朋友了。

一個星期後，安安陪著奶奶回去醫院檢查。醫生跟奶奶說因為有繼續吃藥，身體狀況已經好轉很多。要奶奶不要太勞累，藥要記得吃。安安很開心聽到這個消息，決定今天晚上要幫奶奶舉辦一個小小的慶祝會。

下午回去之後，安安就開始幫奶奶準備晚餐，當然也沒有忘記要準備貓咪料理。但是，那天下午大將卻沒有出現，反倒是愛妲，在安安跟奶奶剛回到家裡就馬上跑了過來，讓整個廚房變得鬧哄哄的。

「雖然說要開慶祝會，但也就只有我們三個人而已耶！」愛妲一邊幫忙把桌子整理乾淨，一邊看著外面逐漸由黃變暗的天空。

「是沒錯！但因為是好事，所以還是要開慶祝會！」安安把幫奶奶準備好的食材交給奶奶，然後把多餘的材料放進冰箱裡面。他看著也一起被放進冰箱裡的貓咪料理，突然轉過頭來。

「可是好奇怪喔，大將今天怎麼沒有來呢？」安安露出了有點擔心的表情。

「也許，今天貓咪們有別的事情？」

「嗯……好像也有可能。畢竟大將是貓咪們的老大，有很多事情要帶頭去做嘛！」

八、迷路

「譬如去襲擊哪一家的廚房之類的！」愛姐故意壞壞的說到。

「大將應該不會這麼做了吧！而且與其去偷食物，不如過來找我們啊！我們的貓咪料理一定是一等一的好吃！」安安自信滿滿的說著，並且把冰箱關了起來。

「說得也是！我們那麼用心，大將跟貓咪一定很喜歡。不過，牠們也有可能有其他的事情，也有可能有其他的貓咪要生小寶寶了。」

「說不定是大將的小寶寶？」

「有可能喔！畢竟大將好像也是大人，應該說大貓了！」

「不然我們明天去貓咪基地看一看吧！」

「好呀！」

「在那之前，是不是要先讓奶奶有個完美的慶祝會啊？」

「對喔！哈哈哈！」

面對奶奶說的話，三個人笑成了一團。

兩人幫奶奶把香噴噴的料理端到桌上，並且擺好餐具。今天因為安安說要開慶祝會的關係，奶奶好像煮得特別豐盛。雖然每一道料理都不多，可是菜色比平常還要多種，安安看得口水都快要流下來了。

「別急啦安安！你看你好像餓了三天的小狗一樣，舌頭都快要碰到下巴了！」

「我才沒有像狗哩！而且我也沒有伸出舌頭！」

這些熟悉的互動，讓安安不自覺的安心了不少。本來因為沒有看到大將而從心中湧生的一點小小的不安，也在與奶奶跟愛姐的歡笑而慢慢散去。

在奶奶的慶祝會上，安安吃到了好幾種以前從來沒有吃過的料理，這讓安安對奶奶的廚藝更加的佩服了。而且奶奶還拿出她的神祕絕招，將好幾種飲料混在一起，安安只喝了一口，就因為那豐富而香甜的口味差點從位置上跳起來。

「祝奶奶永遠健康平安！」

安安學在電視上看過的乾杯動作，高舉杯子，愛姐跟奶奶也將杯子舉了起來，三個人輕輕的互敲杯子，並且將裡面的飲料一口喝光，笑得非常開心。

「奶奶，你一定要長命百歲。這樣我每次放假回來，才能享用到這麼豐富美味的餐點。」

「就是呀艾琳奶奶！所以你一定要像現在這樣健健康康的喔！」

「好，好，好。奶奶我一定會照顧好自己的身體的！」

飯後，安安跟愛姐幫奶奶把餐桌碗盤收拾乾淨之後，安安還陪著愛姐走回家。一路上，兩人討論起明天一起去貓咪基地的事情，雖然不知道是不是真的有新的小貓咪會誕生，但是兩人還是決定準備更豐盛的貓咪料理去給貓咪們。

隔天，安安起了個大早，跑到雜貨店去補給貓咪料理需要的食材，並且跟愛姐一起在奶奶的廚房忙東忙西，還準備了比平常多兩倍的料理，加上昨天大將沒有來拿所以剩下的食物一起裝好，放進安安隨身的小背包裡。

到了下午，兩個人非常開心的往貓咪基地前進。因為興奮的關係，兩個人很快就來到了舊小鎮裡面，但因為時間還早，大部分的貓咪都還沒回來，於是兩個人決定先到處看看，等到了大約三點，再把食物分給貓咪們。

但是等到快要四點了，貓咪基地裡面的貓咪好像沒有幾天前的那麼多，而且兩人也沒有發現大將的蹤跡。安安覺得非常奇怪，所以在把食物分給貓咪們之後，兩人商量決定晚一點再回去。只不過都等到五點多了，貓咪們好像也沒有變多，在發現大將還是沒有回來之後，安安真的開始擔心了。

「大將應該不可能把貓咪們丟下不管才對。」安安摸著自己的下巴，正思考著有什麼樣的可能會讓大將失蹤。

「是呀！可是總覺得貓咪好像沒有之前那麼多。」

「我也是這麼覺得。愛姐妳覺得，會不會是有大人發現了貓咪基地，所以把貓咪們趕走了？」安安最擔心的就是這件事情。

「我覺得不會。因為如果有大人發現，應該小鎮裡面就會有很多人在說了才對。而且如果真的被發現了，貓咪的基地有可能會被破壞，這樣貓咪才會沒辦法住。可是貓咪基地現在都還好好的，所以應該不可能才對！」

安安雖然覺得愛妲說得也很有道理，可是為了確認這件事情，安安提議明天早上先到處去打聽看看，看有沒有人有看到「小霸王」，或者是有注意到貓咪們的奇怪行蹤。愛妲也很擔心，所以答應跟安安一起行動。

隔天在兩人打聽之下，安安發現這兩天大家都沒有發現大將的行蹤，尤其是小鎮的小孩子們，沒有人特別注意到最近小鎮裡面好像比較少看到貓咪這件事情。安安非常擔心，唯一想到可以問問有沒有詳細情報的大人，就只有雜貨店的老闆了。所以兩人就跑到了雜貨店去。

「你說大將？」老闆驚訝的說：「沒有！這陣子都沒有聽說牠的事情。如果大人有發現貓咪基地的話，我一定也會知道的，所以我可以確定貓咪的基地沒有被發現。」

「那，大將有沒有可能被抓走了？」安安想到了另外一種可能。

「不，應該不會。雖然小鎮裡很多人討厭『小霸王』，但是應該不會有人真的會去把流浪動物抓走。我也沒有聽說抓流浪動物的環保局最近有來，所以應該不是被抓走。」

「我會幫你們特別留意這件事情，如果有消息，我會直接打電話給艾琳女士，這樣你們很快就可以知道了，好嗎？」

老闆拍了拍安安的肩膀，要他不要過度擔心，轉頭過去馬上找來買東西的大人們聊起貓咪們的事情。安安聽到了一些『覺得最近小霸王好像比較安分』之類的話，不過因為都沒有大將的行蹤，他也只好先回到奶奶家，再想想接下來該怎麼辦。

傍晚，安安依然待在奶奶家院子裡，等看看大將會不會出現並且把他準備好的貓咪料理帶回去。可是大將始終都沒有出現，這讓安安愈來愈擔心。

「安安，吃飯了喔！」奶奶的招呼聲從房子裡面傳來，可是安安一點胃口都沒有。他不知道為什麼大將會突然消失，而且就連一點可以追查的線索都沒有。這樣的狀況，讓他沒辦法不擔心。

八、迷路

「安安，你不能一直這樣啊！這樣大家也會擔心你的。與其在那邊擔心，不如來想想有沒有可以找到大將的方法。」

「找到大將的方法？」安安疑惑的看著愛姐。

「是啊！就算完全沒有線索，我們也可以自己想辦法找找看嘛！你先來一起吃飯，我們順便討論有什麼辦法。否則艾琳奶奶做的美味晚餐要冷掉了。」

「好吧！我知道了。」

安安把連接到院子的門給關了起來，很快的回到餐廳裡跟奶奶還有愛姐一起用餐。用餐之間，安安跟愛姐討論起要怎麼『搜索』的時候，奶奶卻離開餐廳，回來的時候，手上拿著一卷像是海報的東西。

「這個是？」

奶奶將紙卷攤開，安安跟愛姐都驚呼了一聲。

「這是小鎮的地圖喔！晚餐過後，我們來討論要怎麼搜索大將的行蹤吧！」

「哇！奶奶真是太棒了！」

安安歡呼了一聲，眼見搜尋大將的方法有了下落，他馬上開心的開始大吃了起來。奶奶看了之後跟愛妲互相看了一眼，都笑了出來。

飯後，大家一起將餐桌收拾乾淨後，奶奶將小鎮的地圖放到了餐桌上，開始討論起明天該怎麼搜索。

「等一下，奶奶，你該不會要跟我們一起去吧？」安安好奇的向奶奶問了，但是奶奶只是用微笑來回應。這讓安安非常的驚訝。

「當然囉！怎麼能只讓你們兩個努力呢？奶奶我也要盡一份力才行呀！」

「這怎麼行呢？艾琳奶奶，您還是不要跟我們一起出去到處亂跑比較好吧？」愛妲聽到奶奶也要一起去，也跟著擔心了起來。

可是，奶奶卻把地圖給折了起來，表情突然變得有點嚴肅。

「安安，愛妲。我知道你們會擔心我的身體，這讓我很高興。可是呢，大將也算是奶奶的朋友，所以奶奶也跟你們一樣擔心大將。這一次，奶奶也希望能一起幫忙。好嗎？」

「可是……」安安不太希望奶奶跟著自己在外面亂跑，尤其是奶奶有因為不舒服而昏倒的前例，他實在是不覺得奶奶跟自己在外面到處跑會是好的選擇。可是……

「而且，地圖是我的，所以你們要聽我的喔。」

「咦！」

安安跟愛姐沒有想到奶奶會說出這樣的話。雖然這個說法沒有錯，但是兩個人還是很驚訝。

「奶奶，妳這樣算是威脅啦！」安安覺得有點生氣，想不到奶奶竟然會用這種方式來要求兩人讓她同行。但是奶奶卻只是露出了笑臉。

「這不是威脅。我只是希望你們讓我一起去，所以故意這樣說的。我也知道你們會擔心我，可是，我也會擔心你們，而且我也很擔心大將。所以說，這次就讓我一起去吧！我們一起合作，趕快把大將找回來！」

其實，安安心裡非常高興奶奶會希望能夠幫助自己，也很開心奶奶竟然會為了大將而決定要一起行動，但安安擔心奶奶會因為太勞累而昏倒。他記得醫生也提醒過奶奶不能太累。

但是奶奶卻十分堅決。

「你們放心，奶奶不是已經答應過你們會好好照顧自己的身體了嗎？在慶祝會上。」

安安跟愛妲兩人互相看了一眼，紛紛點頭。

「奶奶的身體怎麼樣，奶奶自己最清楚了。我已經答應你們會好好照顧自己的身體，現在，我也答應你們不會勉強自己，如果累了就休息，這樣可以嗎？」

看奶奶提出愈來愈多會照顧好自己的條件，安安實在很難再繼續拒絕。而且，他既希望能夠有那張地圖可以使用，也希望能借助奶奶對小鎮的熟悉，進而早點找回大將，這樣一來，大家才都能安心。

想到這裡，安安決定不要再拖延下去。對於突然失蹤的大將，他實在是很擔心。如果奶奶能夠不勉強自己，那麼能多一個人幫忙，確實也是有很大幫助的。

最後，他同意奶奶一起加入。他們將地圖放在餐桌上，開始討論起該怎麼分工合作。

首先，就是要把整個小鎮都找過一遍……

安安與奶奶

九、作戰

隔天，安安起了個大早。不過奶奶要他不要心急，等愛妲來了之後，大家再一次確認昨天討論出來的路線，跟每個人負責的區域之後再出發。安安跟奶奶反覆檢查了要隨身攜帶的東西，特別是水壺，還有奶奶一定要帶藥。都檢查完畢之後，大家才一起出發。

安安早上要負責的，是從奶奶家所在的三街，一直到一街的盡頭，也就是往大馬路的方向過去。

這個方向安安在這兩天其實都已經找過了，所以安安決定從蒐集資訊開始，也就是先到處打聽最近貓咪們以及大將的消息。

因為是早上，很多人家的大人都會出來給花澆水、修剪草地，而且因為之前愛妲家的事件，安安發現自己在大人之間有著很好的印象，安安也用「暑假作業要寫觀察野生動物」來當作理由，所以大家都很願意回答安安的問題。

然而經過了一個早上，安安確實的把一街到三街的鄰居全部都問過了，還是沒有得到什麼有用的消息。只知道最近貓咪確實比較少出現在小鎮裡面，而且大家也都好幾天沒有看到大將了。就連雜貨店老闆那邊，安安也再去確認過了一次，看來大人們應該都真的不知道大將的行蹤。

中午，三個人回到奶奶家集合，因為沒有時間煮午餐的緣故，奶奶帶安安跟愛妲來到小鎮裡面一處有幾個小餐館聚集一起的地方，簡單的點了一些麵跟小菜來吃，並且準備進行下午的搜索計畫。

「其實大部分的地方，應該都很難找到線索。」愛妲吃著湯麵，露出了一臉疲憊的樣子。而安安也注意到奶奶好像並不是不會覺得累，只是因為得到休息，所以現在臉色才比較好。

在吃過餐館賣的食物之後，安安更是深刻的體會到奶奶所做的料理是多麼美味。所以安安決定要改變本來一天就要把小鎮搜索完的計劃。

「我覺得這樣找下去，效果好像很不好。所以我有一個想法。」安安把東西吃完，主動跟奶奶還有愛妲提議。

「早上我們已經差不多把小鎮找了一半又多一些，不如我們下午不要繼續用找的，我們先回去休息一下。下午的時候請奶奶留守，順便注意大將有沒有出現在院子裡面，這樣我們的晚上也才有美味的餐點可以吃。而愛姐跟我就再次去貓咪基地看看，看大將會不會出現。怎麼樣？」

安安左右看了奶奶跟愛姐一眼，她們兩人也互看了一眼，感覺彼此好像都很認同新的計劃。

「其實，你只是想要晚上可以吃艾琳奶奶的料理而已吧，安安！」愛姐不忘小聲的念著，但是又有點害怕被麵攤的老闆聽到。

「可是我覺得安安的提議不錯。說不定大將其實有再出現，但是如果我們像這樣一直找，就沒有機會沒有發現牠了。而且安安也希望奶奶我多休息，對吧！」

「呃……對！所以奶奶也認同我的提議吧！」

雖然被愛姐跟奶奶發現了意圖讓安安紅了臉頰，但是他還是堅持自己的想法。因為他希望不但能夠找到大將，大家也都不要受傷。

尤其是奶奶，他不希望再看到奶奶的病情發作了。最後，大家也採用了安安的建議。

九、作戰

下午，安安跟愛妲帶著一些原本就做好的貓咪料理來到貓咪基地。安安四處的尋找，一樣沒有發現大將的蹤影。正當他沮喪的時候，愛妲喊了他一聲。

「安安，你覺不覺得，貓咪的數量好像又變多了？」

「咦？有嗎？」

聽了愛妲的說法，安安四處看了看。真的跟她所說的一樣，貓咪的數量變得跟一開始兩人剛來到貓咪基地的時候差不多了。只不過，大將並沒有在這些貓裡面。

「好像有耶！可是……到底是什麼原因呢？」

「對啊！到底會是什麼原因……貓咪們為什麼會變少，現在為什麼又變多了呢？」

「意思是說，貓咪們本來就沒有消失，只是牠們不知道跑到哪裡去了，然後現在又跑回來而已，是這樣嗎？」安安想著這之間的可能性。

「嗯，也是有這個可能啦！可是牠們這段時間是跑到哪裡去了呢？」

因為發現了許多新的疑點，兩人在貓咪基地旁坐了下來埋頭苦思，順便等著看有沒有機會等到大將回來。

但直到太陽快要下山了，兩人既還沒有什麼頭緒，大將也沒有出現，所以兩人只好先出發回去小鎮，並且祈禱奶奶那邊會有什麼收穫。

回到奶奶家之後，奶奶晚餐已經準備得差不多了。安安跟奶奶說了兩個人在貓咪基地的發現，聽了之後奶奶好像有了什麼想法。

「你們覺不覺得，那些貓咪之前變少，有可能是因為跑去找大將了？」

「跑去找大將？」安安疑惑的看著奶奶：「奶奶，這是什麼意思呀？」

「因為貓咪們變少的時候，大將也失蹤了，可是現在貓咪們回來了，大將卻還沒有回來。有沒有可能是因為大將失蹤了，所以很多貓咪跑去找牠，但是因為找不到，所以現在又跑回來了呢？」

「真的耶！有可能是這樣！」

安安覺得奶奶的推測很有道理，雖不知道是不是對的，但是因為一時之間也想不到別的可能，所以安安決定先這樣假設。

「可是……可是……」

安安仔細想了想，覺得雖然這樣說很有道理，但是還是沒辦法知道到底大將是跑到哪裡去了。

「安安，我知道你很擔心，可是如果事情是艾琳奶奶說的這樣，那就表示貓咪們也找不到大將吧！」愛妲提醒安安。

「還有喔！因為貓咪們都回來了，表示貓咪們沒有被環保局抓走。所以我想，大將應該不是被誰給抓走了。」奶奶也說。

「小鎮裡面有沒有哪裡是去了之後會很難回來的？」安安仔細的想要推測幾種可能性，但是卻只想得到這個原因：「因為回不來」。

「我看看。」

因為餐桌上已經放滿了料理，奶奶將地圖打開，在牆上攤開。她東看看西看看，沒有看出什麼地方是讓人覺得會回不來的地方，所以搖搖頭，把地圖收了起來。

「還是先吃飽飯再說吧！大家都到位置上坐好。」

奶奶轉過身去，將最後的幾道菜放上餐桌。

因為已經奔走了一天，安安跟愛姐都又餓又累，回想起中午吃的麵，讓兩人更懷念奶奶料理的美味，所以兩人決定先大吃一頓，再來討論明天的計畫。

吃飽之後，大家一如往常的幫奶奶把餐桌碗盤都收拾乾淨後，奶奶才再次將地圖攤開在桌上。

因為今天小鎮只搜索了一半，所以明天的第一個任務，就是把小鎮裡面給搜索完畢。

只是安安還是很在意，如果貓咪們都找不到大將，會不會是大將跑到了哪個過不去又回不來的地方。他總覺得，大將一定是跑到這樣的地方去了，所以才會回不來。

他把這件事情跟奶奶還有愛姐說了，可是奶奶說，小鎮裡面沒有這樣的地方。安安懷疑的看著地圖，發現地圖的右邊，也就是小鎮往東邊出去之後，有一段空白的地方。

九、作戰

「奶奶，這邊是哪裡啊？」安安好奇的問。

「這邊跟另一邊一樣，出去之後也是一段小山坡跟森林，不過往外走一點之後，會有一個大陡坡，非常的危險，所以大家都不太會靠近那個地方。」

聽著奶奶的叮嚀，反而讓安安覺得有去一看的必要。

「奶奶，明天我們把小鎮搜索完之後，能不能去這邊看一下？」

「安安，那邊很危險的！」

「就是啊，安安！爸爸也交待我好幾次，千萬不能去小鎮東邊那裡。」

聽了安安的提議，奶奶跟愛姐兩人都不太願意。因為兩人都反對的關係，安安大概也想像得到那裡的危險性確實比較高，但是……

「我只是想去看一下而已，就只是去看看。看看大將有沒有可能跑到那裡去。拜託啦奶奶！我們去看一下，真的只是看一下就好了！」

安安覺得，這也許是個可能性，所以他希望奶奶能答應這個請求。

奶奶看著安安，知道他一定要去一趟小鎮的東邊看看才有可能會死心。只好答應了安安的要求，但也特別再一次的叮嚀兩人，千萬要注意自己的安全。

當晚的作戰會議就這麼結束了。安安睡前，還特別祈禱能夠在小鎮的東邊找到大將的線索。因為，他有種會遇到困難的預感。

十、危機

因為昨天奔走了一天，大家都很累的關係，隔天早上安安跟愛姐都比平常晚了一點才起床，早上的準備也比昨天匆忙許多。

雖然大家已經決定要去小鎮東邊的大陡坡一帶找找看，但昨天小鎮裡面的搜尋還沒有結束，安安不放棄任何希望，還是用了一個早上的時間，把小鎮裡面全都找遍了，不過沒有收穫。最後，三人在接近黃昏的時候來到了小鎮東邊的小山坡地帶。

從小鎮這邊看過去，這裡跟小鎮的西邊，往貓咪基地的路完全不一樣，看起來開闊很多，但樹木反而稀稀疏疏的。這裡腳下踩的地板有比較多的沙石，跟小鎮西邊比較多是泥土路比較起來，這邊是真的比較危險。

「安安，那邊就是陡坡，非常的危險喔！」安安想要走過去往前看，卻被愛姐叫住。

「安安，你要小心喔！」

聽著奶奶跟愛姐的聲音從後面傳來，安安回頭一看，發現愛姐站在有點距離的位置，應該是因為大家都說這裡是危險的地方，所以她不太敢靠近。而奶奶則是慢慢的走了過來，想提醒安安不要走得太遠。

「好，我會很小心！」

安安一邊喊著，同時非常小心的移動自己的腳步，慢慢的往前走。雖然奶奶跟愛姐都說這裡很危險，但是他實在很想看一下大陡坡，想看看從陡坡上面看下去會是什麼樣子。

「安安！」奶奶走到了安安身後，語氣有點像是提醒，但是安安只是對奶奶笑了笑，雖然已經伸手拉住奶奶，還是繼續慢慢的往前走。

「哇！」

走到了陡坡的邊界往前看去，安安看到了一個美麗的景色。陡坡雖然很陡，但也像是一個巨大的溜滑梯，大概有三層樓那麼高。底下的樹林跟山裡面常常見到的森林一樣一直延伸出去，遠處還有小河流過，加上已經被夕陽染成紅色的天空，這是在都市裡面絕對看不到的景色。

看著這樣的風景，安安有點興奮，差一點就忘記自己目的是要來看看大將有沒有可能在這裡。他低下頭去看，但是因為陡坡下面大多都被樹木給遮住，實在是看不到什麼東西，也只能左右隨便看一看，就失望的轉過頭去。

「怎麼樣，有沒有可能大將是滑下去了？」一直站在安安身後，靠著一顆大樹的奶奶對安安笑了笑，但是安安搖搖頭。

「不知道。就算大將真的從這裡滑下去了，我們也找不到線索了吧！」

「別難過，安安。大將那麼強悍，一定會沒事的。」

「嗯……」

安安想了想，就如同奶奶說的，大將是一隻很強悍的貓咪，連大人們都拿牠沒有辦法了，想必就算從陡坡滑了下去，應該也能夠好好的生活。

只是安安還是很失望，因為他好不容易才跟大將變成了好朋友，可是現在大將卻失蹤了。即使大將能夠好好的生活下去，他還是很希望能夠再見到這個好不容易結交到的新朋友。

他轉過去再看了一眼陡坡，心裡覺得非常的惋惜。一個不小心，他的腳滑了一下……

十、危機

「哇啊！」

安安大喊一聲，在原地轉了一圈。他本來以為自己會跌坐在地上，沒想到卻重心不穩，整個人跌坐在陡坡上，竟然就這麼滑了下去。

「嗚哇啊啊啊啊！」因為滑倒的關係，下滑的安安在中間翻了兩圈，背包也從他的背上滑了出去。到了山坡底部之後，安安整個人趴在地上，痛到不能動，左腳好像也因為滑倒的關係所以扭到了。

他喘了幾口氣，好不容易才回過神來，但是才翻過身體往陡坡上面一看，卻看到奶奶也跟著從陡坡上面滑了下來。

「奶奶！」

奶奶用坐姿滑下來，像是溜滑梯一樣。安安非常驚訝，沒想到奶奶竟然會就這麼滑下來。

不過，待會要怎麼上去？

「安安，你沒事吧？」

「奶奶，妳怎麼會……」

「先不用擔心我。你有哪裡受傷了嗎？」

奶奶伸手檢查他身上的傷勢。雖然安安不覺得自己有什麼嚴重的傷，但是左腳因為扭傷得比較嚴重，所以一碰到就喊痛，奶奶只好先幫安安轉過身來，看能不能讓他好好的坐著。

「安安——艾琳奶奶——」

陡坡上傳來了愛妲的聲音，安安抬頭一看，發現愛妲趴在陡坡的邊邊，只露出一點點眼睛看著，好像很怕跟著兩個人一樣掉下來。

「愛妲！」安安大喊著回應，可是他不知道該怎麼辦才好。這時奶奶站了起來，往上面大喊。

「愛妲，妳去幫我們求救！找大人來幫忙！」

安安第一次聽到奶奶這樣大喊著。那麼肯定但是溫柔的聲音，讓安安覺得安心了下來。

「可是……可是……」

「愛妲！妳要冷靜下來！妳回去看能不能找到鎮長或是雜貨店老闆來

幫忙，這樣艾琳奶奶跟安安才有辦法回去上面，好嗎？」

「好……好吧！艾琳奶奶、安安，你們要等我喔！」愛妲的聲音也變得鎮定了許多，可能是因為奶奶的聲音，讓她也不再那麼緊張了。

愛妲說完之後，小心的離開了陡坡旁。安安轉頭看著奶奶，依然不敢相信奶奶會就這樣，想都沒想就從陡坡上滑下來。

「奶奶，妳怎麼會……」

可是安安不知道該怎麼說才好，不過因為奶奶也跟著下來的關係，反而讓他有了安心的感覺。只是，奶奶並沒有轉過來看著安安，而是看著樹叢的方向。安安本來以為奶奶是不是看到什麼恐怖的東西，但是順著奶奶的視線看過去，他發現了那個在樹叢下面的小小影子。

「大將？」安安大喊了一聲，那個影子就從樹叢底下走了出來。

真的是大將！

「大將……嗚！」安安本來想要過去，但是因為腳扭傷的關係，他沒有辦法行動。大將好像發現了安安受傷了，於是慢慢的走了過來，靠近安安受傷的腳，用牠的貓掌輕輕的碰著，最後窩到了安安的腳邊。

「你看！大將也在擔心你呢！」奶奶撿回了掉到一旁的背包，並且走到安安身旁坐了下來，一臉責怪的表情，讓安安一時之間不敢正視奶奶的臉。

「安安，你不是說你會小心，絕對不會去做危險的事情嗎？」

「我沒有做危險的事情啊！這只是……不小心。」安安低著頭，不知道該怎麼說才好。是自己最後不夠小心，所以才會發生這種事情，但並不是他想要去做危險的事情。

奶奶沒有特別要責怪安安的意思，只是拍了拍他的頭。

「你呀！就跟你爸爸小時候一樣！」奶奶靠著樹幹，抬起頭，看向逐漸佈滿星星的天空。

「咦？爸爸？」

「是呀！你爸爸小時候啊，跟你一樣很喜歡冒險，什麼事情都有自己的想法，而且只要有自己的想法，就講也講不聽。真的是讓奶奶很傷腦筋。」

安安看著奶奶既無奈又懷念的表情，覺得非常的有趣。

「所以我一看到你當初跟我說要打敗大將……那時候是說要打敗小霸王，就知道你跟你爸爸一樣，是個只要有自己的目標，並且認為那是正確的事情，就會堅持不放棄的人。」

「奶奶我以前啊，最討厭你爸爸這樣了。因為我老是要為了他的安危擔心，而他總是講也講不聽。那個時候，奶奶真的是覺得自己沒有把你的爸爸教好。」

奶奶轉過頭來看著安安，輕輕的摟著他的肩膀。

「所以當你決定要去冒險的時候，我不知道該怎麼阻止你才好，只好讓你去試試看。想不到經過那麼多事情，你竟然可以有那麼多令人驚訝的改變，真的是讓我深深地懷疑，自己以前是不是做錯了呢！」

「可是我知道，奶奶也是為了要保護我的安全。」安安看著奶奶的眼睛，明白奶奶是多麼的擔心自己。

「是啊！所以我也相信你一定會遵守跟奶奶的承諾，不會去做危險的事情。」

「當然囉！我是一定會遵守約定的！」

「可是你還不是掉下來了？」

「嗚嗚……」

奶奶則是被安安羞愧的表情逗得哈哈笑了出來。安安覺得今天的奶奶好像跟平常不太一樣，不是只有溫柔跟嚴厲，而是又多了許多的笑容而且又有趣。

「安安，你知道嗎？」但是，奶奶突然換了一個表情。安安覺得奶奶好像有點悲傷。

「你知道為什麼你之前都沒有來過奶奶家嗎？」

「咦，為什麼？」安安很驚訝奶奶會這麼問。其實他剛來到奶奶家的時候，也很想知道這個問題。但因為跟奶奶、愛姐還有大將相處得越來越愉快，他早就把這件事情給忘了。

「其實呀，奶奶以前跟你爸爸吵過很大很大的一架。吵到最後，你爸爸就不再理奶奶了。」

「咦，為什麼？是吵什麼呢？」安安非常的吃驚，原來之前發生過這樣的事情。

「其實，奶奶我以前不喜歡你的媽媽。那是你爸爸之前要跟你的媽媽結婚的時候吧！因為那個時候，奶奶覺得你爸爸什麼都自己決定，都不聽奶奶的話，讓奶奶很生氣。而且那個時候奶奶覺得你媽媽的工作不太好，覺得他會讓你爸爸很辛苦，所以奶奶就反對你爸爸媽媽結婚。」

「結果，你爸爸跟奶奶吵了很大很大的一架，奶奶也對你爸爸媽媽說了很多難聽的話。所以你爸爸之後就搬走了，也沒有再回來看過奶奶。」

安安覺得奶奶在說這些故事的時候的眼神，是他從來沒有看過的樣子。但是那個眼神，卻跟當初爸爸跟自己提到『要到奶奶家過暑假』的時候的表情很像。有一點難過，可是又有一點期待。

「所以，安安可以來奶奶家過暑假，奶奶真的很開心。雖然也讓奶奶回想起之前跟你爸爸一些不好的回憶，可是，那些都是過去的事情了。安安是個很棒的孩子，所以奶奶真的很喜歡安安喔！」

聽著奶奶這樣說，不知道為什麼，安安忽然覺得很想哭。雖然一開始他也覺得奶奶很無聊，但是現在的他，也是很喜歡奶奶的。

安安看著抬頭仰望星空的奶奶，不知道該說什麼才好。他沒有想過到奶奶家過暑假會是這麼特別的事情，沒有想過奶奶這麼好；沒有想過會遇到愛妲還有小鎮裡這些小朋友們；沒有想過會遇到神祕的雜貨店老闆；沒有想過會遇到這麼多有趣好玩的事件；也沒有想到能跟大將這樣的貓咪成為好朋友。

他低下頭，看著依偎在他腳邊的大將，覺得能夠有這些經歷真的是他從來沒有想過的。他很開心能夠來到這裡，也很喜歡這裡，而且如果可以，他希望以後每一個暑假都能來到這裡。

想到這裡，他很想抱一下奶奶，但是回頭一看，奶奶的臉色卻變了。

「咳……咳咳……」

十、危機

「奶奶？奶奶，你怎麼了？」

奶奶的臉色發白，眉頭緊緊的皺了起來。正當安安才靠過去，奶奶突然嘔吐了。

安安與奶奶

十一、真心

「奶奶！奶奶！」

因為奶奶之前沒有嘔吐過，安安緊張到心臟都快要從嘴巴跳出來了。他一直喊著，但是奶奶卻好像沒聽到一樣。他回想了今天一整天的過程，卻想不起來奶奶什麼時候有吃藥，才驚覺事情比他想像的還要嚴重許多。

「奶奶……」

他看著奶奶逐漸從坐著慢慢下滑到側躺在地上，緊張得都快要哭出來了，但是卻一點辦法都沒有，只能一直喊著，希望奶奶不要這麼昏過去。

他注意到奶奶還有一點意識，並且好像想要住抓什麼一樣的伸手抓向自己的口袋。安安發現了奶奶的動作，於是伸手去翻奶奶的口袋，果然在裡面發現了一包藥。

「太好了，有藥！」

這對安安來說真是驚喜的發現，還好奶奶身上還有帶著藥。因為第一次奶奶不舒服的時候，吃了藥就馬上好轉了很多，所以對安安來說，這包藥簡直是奶奶的救命仙丹。

只不過他左翻右找，卻找不到本來放在他背包旁邊的水壺，想必一定是在剛剛摔跤滑下來的掉了。於是他動手去翻奶奶的包包，發現奶奶水壺也已經是空的。這樣即使有藥，但沒有水奶奶也沒有辦法吃。

「可惡，怎麼辦？」

本來以為有了藥，奶奶馬上就能好轉。但是想不到因為水的關係，即使有藥也沒有用。看著奶奶臉色愈來愈白，安安一股後悔的情緒立刻湧了上來。

「可惡！如果我沒有跌下來就好了！這樣一來……這樣一來……」

安安後悔得用手搥了自己的大腿，但是疼痛卻讓他驚覺這樣下去不行，要想想有沒有別的辦法。

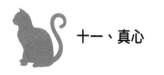

「奶奶，你等我一下，我一定會找到水讓妳可以吃藥！」

安安翻過身體，改成趴著的姿勢，往自己跌下來的地方爬了過去。他想要找到自己失蹤的水壺，但左看右看，還是完全看不到水壺的蹤影。他知道因為天色已經晚了，所以雖然天氣很好、月亮很亮，但是要在樹叢之間找一個水壺還是太難了。

他一邊找一邊想，看有沒有其他的方法可行。突然間他想到之前在上面往下看的時候，記得有看到一條小河在不遠的地方流過。他想了想，覺得那應該是他最大的希望了。他把奶奶的水壺塞到自己的包包裡面，並且背起包包，準備要用爬的過去，裝水回來給奶奶喝。

「奶奶，妳等著。我一定、一定會裝水回來的！妳要撐下去喔！」

安安回頭看了奶奶一眼，用袖子把快要流下來的眼淚擦掉。他知道現在自己不能哭，因為奶奶的狀況很糟糕，不知道時間拖久了會怎麼樣，所以他要立刻出發才行，沒有時間難過了。

就在安安爬了幾步之後，有個小小的身影出現在他的旁邊。

「大將！」

他驚呼一聲，瞪大眼睛看著大將的雙眼，他覺得心中湧出了一股希望。

「大將，你能幫我找到小河嗎？我需要水才能救奶奶！」

「喵！」

安安看著大將，總覺得大將的叫聲是對他肯定的回答。雖然他不知道大將懂不懂自己的意思，可是他決定要賭賭看，賭大將是知道自己的目標，而且還是個會幫自己忙的最好朋友。

他朝著大將的方向往前爬，因為穿著短袖的關係，他的手一直被掉在地上的樹枝落葉刺到，有時候頭髮還會鉤到比較矮的樹叢，可是這些他都不在乎，因為他只想趕快裝水回來讓奶奶可以吃藥。

他一直爬、一直爬。很奇妙的，大將始終在他的前面慢慢走，有時候還會回頭過來看看安安。這讓他愈來愈有信心，相信大將可以帶著他去到可以裝水的地方，所以無論手腳是被什麼刺到還是鉤到，他都沒有停下來，一直追著大將的尾巴往前爬。

突然，安安聽到了一個不屬於自己跟大將的聲音，沙沙的從旁邊出現。正當他懷疑是不是自己聽錯的時候，一條細長的身影從他身邊鑽了出來。

那是一條蛇，一條跟安安手臂差不多粗細的蛇。

「哇啊——」

安安被蛇嚇了一大跳，大叫了一聲，順手拿起身旁的樹枝丟了過去。蛇因為被樹枝還有安安的大喊嚇了一跳而往後退了一點。但是閃過樹枝之後，牠又再度往前爬了過來。

「可惡！別過來！」

安安一邊大喊著，一邊想找東西丟，可是手邊沒有可以保護自己的東西。因為腳扭到的關係，安安只能慢慢的移動，沒辦法很快的離開，所以蛇離安安愈來愈近了。

安安是第一次看到真的蛇，以前只看過電視節目跟書本的介紹，他很怕這條蛇有毒。而且就算沒有毒，他也不知道自己被蛇咬到會怎麼樣。為了趕快幫奶奶裝水回去，他得保護自己不被蛇攻擊到才行。

「可惡！走開啦！」

情急之下，安安拿起背包往前甩，蛇因為差點被打到，所以有後退了一點，可是安安不知道這條蛇為什麼不願意走開，還是停在原來的那個地方盯著自己看。

十一、真心

這下子，安安也沒辦法繼續往前了。他轉頭看去，發現大將已經不在自己身邊，也不知道是不是一開始就走掉了，讓他非常的緊張。

「大將！」

安安大喊，也不知道為什麼，他希望這一叫能夠讓不知道已經走到哪裡去的大將回來找到自己。本來安安自己也不相信大將會這麼出現，但是想不到就在蛇又要再度往前的時候，大將竟然從另一邊的樹叢中跳了出來。

「大將！」

大將壓低身體，對蛇發出了低吼聲，就像之前在對自己挑釁、威嚇的時候一樣。安安從大將的眼睛裡面看見牠之前與自己敵對的時候露出過的眼神：兇惡又有攻擊性。而那條蛇好像也有點害怕大將，稍微往後退了一點，但是大將卻突然往前撲了過去，一揮貓爪打在蛇的頭上。

伴隨著一陣吼叫聲，大將跟蛇一起消失在樹叢的後面。安安聽到了好幾次大將發動攻擊的叫聲，但是因為害怕的關係，安安不敢過去看大將跟蛇的搏鬥，只能轉過身繼續向前爬。

爬了一段距離之後，安安發現身後的聲音安靜了下來。他暗自祈禱著大將能夠凱旋而歸，一邊專心的往前爬去。在爬了很長的一段距離之後，安安才總算聽到了水流的聲音。

「快到了！就快到了！」

他既興奮又激動，不顧手臂上已經被樹枝刮得亂七八糟的擦傷，只管拼命的向前爬。最後，終於發現了那條很小很小的河流，並且用奶奶的水壺裝滿了水。

「要趕快回去才行！」

安安把裝滿水的水壺塞回背包裡面，開始往回爬。剛才爬行過來的時候，安安有非常仔細的注意旁邊的樣子，雖然到處都是樹叢，可是因為安安一路爬來，所以幾乎是「鑽」出了一條隧道，這讓他很輕鬆的就能認出自己是從哪裡爬過來的。

回程的路上，時間過得異常的快，他覺得自己好像很輕鬆的就回到了

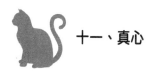

奶奶身旁，而且大將也在他才爬到一半的時候出現了，還好沒有受傷。

「不愧是大將，真的是太厲害，太帥氣了！」

安安雖然爬到有點無力，但還是使勁的回到奶奶身邊。他把先前塞回奶奶口袋的藥包拿了出來，並且用奶奶的水壺把藥丸都壓碎，因為他知道，現在的奶奶是沒有辦法吞藥丸的。

他把磨碎的藥粉慢慢的倒進奶奶的嘴巴裡面，然後一點一點的倒水，花了很長的時間，好不容易才讓奶奶把藥給吃完了。他無力的躺在地上，心裡一邊祈禱奶奶一定要沒事。就在他累到快要睡著的時候，他發現奶奶好像稍微恢復了意識，這也讓他整個人都醒了過來。

「奶奶！」安安確定奶奶發出了些聲音，他激動都快流下眼淚了。

「奶奶！奶奶！」

「安安？是安安嗎？」奶奶倒地在上，但還是轉過頭來看著安安。在月光下，安安看得出奶奶的臉色已經不再那麼慘白了。雖然還是不太舒服，但奶奶的意識也已經越來越清醒。

「安安，是你救了奶奶嗎？」奶奶發現了丟在身旁的藥包，還有那剩下一半水的水壺，她知道，安安應該為了讓自己有水可以吃藥吃了很多苦頭。

安安撲進了奶奶的懷裡。現在的他已經控制不了自己的眼淚了，因為奶奶終於醒過來了。

「奶奶！奶奶妳沒事了嗎？」安安哭著說。

「沒事，奶奶沒事了！」奶奶看到了安安手臂上多處的擦傷，緊緊的抱住他。

「奶奶，我真的好怕妳就這樣不會再醒過來……好怕妳就這樣死掉！可是……可是妳答應過我不會死掉的對不對！妳一定可以長命百歲的，對不對！」

安安不停的回想起這幾次奶奶因為生病而倒下的樣子，他真的很害怕奶奶其實是生了很重的病，只是卻不願意告訴他。因為他已經喜歡上奶奶了，非常非常喜歡，所以他一點都不希望奶奶說謊、騙自己她可以長命百歲。

「安安，對不起……」奶奶看著這樣的安安，也忍不住哭了出來。

「奶奶，妳一定是因為生了很重很重的病，可能快要死掉了，所以才寫信給爸爸，希望能夠讓我到妳家來的，對不對！妳不要騙我！」

「對不起，安安，我不知道原來你都知道了。」奶奶哭著，把安安抱得更緊了。

「我不知道，我本來都不知道。可是……可是一定是這樣的！所以醫生才會說吃藥就能好轉，而不是說吃藥就會好起來！奶奶也是因為覺得吃藥只是多活久一點點而已，所以才不想吃藥。可是……可是……」

「可是我不想要奶奶死掉！」說著，安安終於說不下去了。他放聲大哭，不是因為自己錯了，而是因為自己猜對了，可是，那卻是他最不希望的事情。

奶奶抱著安安，也一起流著眼淚。她沒有想到安安會因為喜歡自己而那麼難過，也不願意看到安安哭。可是，她現在也只能跟安安一起哭了。

兩個人抱著哭著，彼此都不知道該再說些什麼才好。漸漸的，他們聽到了其他的聲音，高坡上面也出現了光線。安安沒有心思去管是發生了什麼事情，現在的他，只想緊緊的跟奶奶在一起。因為他很清楚的聽到了愛妲的爸爸、還有雜貨店老闆的聲音。

救援來了。

十二、最美的回憶

雖然已經跟爸爸媽媽一起走出了小鎮的教堂，但安安的腦中還充滿了那些莊嚴的詩歌。距離那次跟奶奶一起被從陡坡下面救起來，已經是半年以前的事情了。

今天是奶奶的葬禮，可是安安沒有哭。因為在奶奶去世的時候，安安已經哭過了，而且哭得非常非常的傷心。他相信奶奶如果知道自己會為了她而那麼傷心難過，一定會很開心的。但是他也知道，奶奶一定也不希望自己因為奶奶的過世而哭得那麼傷心。

「要去奶奶家嗎，安安？」爸爸走在安安的後面，看著安安自己邁著步伐向前走著，向前喊了一聲。

「嗯！我們回去奶奶家吧！」

安安回過頭，露出了微笑。不知道為什麼，這個時候他想起了最後跟奶奶在一起的那段時光，他一點都不覺得難過，反而覺得自己還好有來到奶奶家度過那個暑假。

跟奶奶還有大將被陡坡下面救上來的時候，因為已經全身無力，加上難過的大哭了一場，安安在回到奶奶家之前就已經睡著了。只知道當時愛姐是先找到了蘇叔叔，蘇叔叔再去找鎮長，才號召了許多大人一起來救援。

後來發生的事情，也有很多讓安安覺得非常有趣的地方。可是最讓他覺得開心的，還是因為跟奶奶有了一起患難的經驗，所以他也跟奶奶變得無話不說。

那天之後，奶奶會跟安安講很多以前的事情，包括了爺爺還有爸爸以前的故事，每一個故事都讓安安覺得非常的有趣。

而安安跟愛姐後來也一起帶奶奶去看貓咪的基地，奶奶非常驚訝貓咪基地竟然會在舊小鎮裡面，也很驚訝裡面居然有那麼多的貓咪，最後，還答應安安要一起幫他把貓咪基地變成一個更棒更適合貓咪們生活的地方。

大將因為安安跟奶奶救了自己的關係，直到他要回到爸爸媽媽身邊的那天，依然每天都會跑到奶奶家裡面來，安安也終於如願以償的摸到大將了。其實也不只是如此，大將甚至會窩到安安的腳邊，就像那天在陡坡下面的時候一樣。他們終於變成了真正名符其實的超級好朋友。

後來，也還有其他很多很多的事情，但是最讓安安印象深刻的，是因為接到醫院打電話來說奶奶病情危急的通知，爸爸急忙帶著一家三口趕到醫院的那次。

那是安安第一次，也是最後一次看著爸爸跟奶奶擁抱在一起。

那個時候奶奶跟爸爸道歉，說以前沒有讓爸爸有更多的自由，沒有給他更多的體諒。而爸爸也跟奶奶道歉自己不應該生氣那麼久不理奶奶，不應該讓奶奶那麼長的時間都獨自一人生活，也說知道奶奶雖然很頑固，但是大部分都是為了自己好才會那麼說的。

安安跟媽媽在旁邊一直哭……在那次大陸坡下，他就已經知道奶奶已經沒有剩下多少時間了，但卻沒有想過那麼快就要跟奶奶說再見。他本來還希望能再跟奶奶多過一個暑假或是再一個暑假，可是奶奶過世了，就像是要等著跟爸爸彼此道歉，要感謝媽媽願意原諒以前瞧不起她的自己，並且在最後的最後，能夠再見安安一面一樣。

十二、最美的回憶

安安相信奶奶過世的時候，一定是帶著心滿意足的心情去天堂的。一定、一定是帶著已經非常非常滿足的心情，才離開了大家。但安安同時也有點難過，因為雖然奶奶的願望實現了，可是自己的願望卻沒有實現。

想到了這裡，安安不禁又有點想哭了。

「安安？」

看到安安用袖子去擦臉的動作，跟在他身後的爸爸又再一次的喊了他一聲。但是安安沒有真的哭出來。因為在奶奶去世那天，他同時也答應了奶奶，要把兩個人所有的美好回憶都牢牢的記住，這樣奶奶才會永遠活在安安的心裡面，就像鄰家婆婆那時候跟安安說的一樣。

來到了奶奶家門前，安安抬頭看著那間屬於他暑假回憶的別墅，忽然想到了一個問題。

「爸爸，奶奶……奶奶的家之後會怎麼樣呢？」

「什麼怎麼樣？」他開口問了，但是爸爸好像不太明白他的意思。

「就是，因為奶奶去天堂了，所以這裡沒有人住了，對不對？」

「原來如此。所以你是在想，沒有人住的奶奶家會怎麼樣，對不對？」爸爸笑了笑，好像知道安安想要說什麼了。

「嗯！因為沒有人住了，所以……所以，爸爸會把奶奶的家賣掉嗎？」

雖然安安不太明白什麼買賣房子之類的事情，但是他知道，沒有人住的房子應該都會賣給別人。可是他不希望奶奶家被賣掉，因為那是他跟奶奶最重要的回憶。跟奶奶、愛妲還有大將的最重要的回憶。

他看著爸爸的眼睛，希望爸爸能夠了解自己的想法。可是爸爸好像早就有了決定，所以爸爸走過來拍了拍安安的頭，並且蹲了下來。

「安安，你希望奶奶的家可以留下來，對不對？」

安安用力的點了點頭。

「你不用擔心。爸爸已經決定要把奶奶家留下來了。」爸爸回頭看了媽媽一眼，兩個人都露出了微笑。「這樣一來，我們全家在放假的時候，就會有一個很棒的地方可以渡假。這樣不是很棒嗎？」

「哇！太棒了！」

安安聽了爸爸的話，非常的高興。他飛快的抱了一下爸爸，然後跑進奶奶家的庭院，在草皮上滾了好幾圈。忽然，他發現大將跑到奶奶家的庭院裡面來了。

「大將！」安安伸手去把大將給抱了起來。

「抱歉喔！今天沒有貓咪料理。」安安對大將露出了笑容，但是大將好像不在意料理的事情。牠喵喵的叫聲，感覺像在跟好久不見的老朋友打招呼一樣。看到這一幕的爸爸媽媽都非常的驚訝。

「安安，那是奶奶養的貓嗎？」

爸爸蹲下來想要摸大將，但是大將卻跳了起來，發出的威嚇聲還把爸爸嚇了一跳。

「不是喔！大將是這個小鎮所有貓咪的老大！」

看著被嚇一跳的爸爸，還有擺出威嚇姿勢的大將，安安馬上想到那個第一次遇到大將的自己。他翻過身坐了起來，嘻嘻的笑著。

「原來是所有貓咪的老大，所以不是奶奶養的貓囉？可是竟然叫做大將啊！」

聽到大將的名字，爸爸笑了笑，覺得很有趣。不過，安安也知道爸爸為什麼會笑。

「我知道，因為爺爺的名字也叫做大將，對不對！」

「哦，原來安安知道啊！」

「當然囉！因為奶奶有告訴我啊！」

「所以，大將的名字是安安取的嗎？」

「嗯！所以當初我也嚇了一大跳。」安安開心的笑了，並且回想起了奶奶告訴自己這件事的那天，自己有多麼的驚訝。

「是呀！爸爸也是嚇了一跳。可是，為什麼你會幫牠取這個名字呢？」

「因為，牠不只是貓咪中帶頭作亂的小霸王，而是負責照顧所有貓咪的老大。所以我覺得叫牠大將最適合了。就像貓咪們的將軍一樣，超帥氣的，不是嗎？」

「原來是將軍的意思，真不愧是貓咪的老大！」

「對吧！」

安安伸手摸了摸大將那交錯著黑色與黃色斑紋的毛，再一次開心的笑了出來。而且，他還在樹籬的縫隙之間，發現了愛妲偷偷躲在外面的身影。

雖然奶奶過世了讓他很難過，可是這個與奶奶一起度過的暑假，也給他了許許多多的回憶。裡面有著充滿挑戰與冒險的、充滿努力與學習的、充滿創新與堅持的，最重要的是，也充滿著關懷與包容、還有充滿了好多好多愛的回憶。這些，都是他的無價之寶。

「對了，我想到一件事情！」

正跟愛妲還有大將一起追著玩的安安，突然回頭看著爸爸。爸爸好奇的抬起頭，想知道安安怎麼會玩到一半停了下來。

「什麼事？」

「就是，那個時候，在要來奶奶家過暑假之前，爸爸不是說過要『拜託我一件事』嗎？那到底是什麼要拜託我什麼事呀？」

也不知道為什麼，安安忽然想到了這個不解之謎。但是爸爸聽了之後，卻只是哈哈的大笑了出來。

「這個嘛……是什麼呢？」

相信那個夏天，永遠都會是安安最重要的回憶，也會是他最美的一個暑假。

後記：

大家好，我是神代栞凪。一個默默無名的小小作家。

首先在此，我要先特別感謝閱讀此書的你，無論你是購買、借閱、或者是在書店裡面看完這本書，我都要由衷的感謝你。能夠有人願意將我的這本創作給看完，我實在感到萬分的榮幸。

謝謝你！我會把這份感激的心情，化做我對下一本著作的動力，並且持續的創作下去。

其實我很好奇，不知道各位在閱讀完這本書的時候，是什麼樣的心情呢？是難過、開心，還是兩者兼具的複雜心情？

老實說，我自己應該是屬於後者。我不知道該開心、還是該難過。因為我也明白，沒辦法陪伴自己所愛的人長長久久，是一件非常非常讓人難過的事情。可是同時，因為兩人有著美好的回憶，回想起來又是讓人非常開心的事情。這樣的矛盾，是很難用言語跟文字來形容的。

所以我想將這樣的心情，傳達給所有閱讀這本書的人。無論你的年紀多大、或是多小都沒有關係，我只是希望大家都能夠知道，能夠有愛你的人、跟你愛的人在身邊，是一件非常非常幸福的事情。

請記得，這些人在你我的生命中，都有著很重要的位置。也因為如此，請你將愛他的心情好好的讓他知道，並且花時間留下一些屬於你們之間的美好回憶。我想這些，在你我未來的人生道路上，都會成為無可比擬的寶藏才對。

偶爾花點時間，想想有哪些人是你生命之中的至寶、是無可取代的存在。在確定之後，不要吝嗇你的愛與時間，將珍貴的事物花費在珍貴的事物上，我想你我的生命，應該會跟之前有所不同才對。

也許會有人好奇，我為什麼會用這麼奇怪的筆名，所以我想簡單的解釋一下。

栞瓜，這兩字的發音是刊、止。栞就是指書本、書頁的意思。而瓜，指的是風平浪靜的意思。所以這個筆名所要表示的是，我想要獻給讀者的，是那個在書頁之間、閱讀之後，能夠回歸到平靜的那種心情。

無論在整個閱讀的過程中，內容與情節是多麼曲折離奇、多麼驚心動魄，在最後的最後，我都希望能夠給讀者一種回歸平靜的感覺。同時，我也希望能給閱讀者一個反思的時間。這本書想表達的是什麼呢？裡面所表現的理念或是值得思考的又是什麼呢？我希望能給人這樣的感覺。

而我接下來，也會一直抱持著這種理念寫下去。希望這份感受可以傳達到閱讀此書的你的心中。

也要在最後，特別再感謝一次閱讀此書的你。非常感謝你看完了這本書，希望這本書有給你一段美好的閱讀經歷，並且同時，也祝福各位有個平安的日子。

※為保障您的權益，每一項資料請務必確實填寫，謝謝！

姓名		性別	□男　□女
生日	年　月　日	年齡	
住宅地址	郵遞區號□□□		
行動電話		E-mail	
學歷	□國小　□國中　□高中、高職　□專科、大學以上　□其他＿＿＿		
職業	□學生　□軍　□公　□教　□工　□商　□金融業 □資訊業　□服務業　□傳播業　□出版業　□自由業　□其他＿＿＿		

謝謝您購買＿安安與奶奶＿與我們一起分享讀完本書後的心得。務必留下您的基本資料及電子信箱，使用我們準備的免郵回函寄回，我們每月將抽出一百名回函讀者，寄出精美禮物以及享有生日當月購書優惠！想知道更多更即時的消息，歡迎加入"永續圖書粉絲團"

您也可以使用以下傳真電話或是掃描圖檔寄回本公司電子信箱，謝謝！

傳真電話：（02）8647-3660　　電子信箱：yungjiuh@ms45.hinet.net

●請針對下列各項目為本書打分數，由高至低5～1分。

	5 4 3 2 1		5 4 3 2 1
1. 內容題材	□□□□□	2. 編排設計	□□□□□
3. 封面設計	□□□□□	4. 文字品質	□□□□□
5. 圖片品質	□□□□□	6. 裝訂印刷	□□□□□

●您購買此書的地點及店名＿＿＿＿＿＿

●您為何會購買本書？

□被文案吸引　□喜歡封面設計　□親友推薦　□喜歡作者
□網站介紹　□其他＿＿＿＿＿＿

●您認為什麼因素會影響您購買書籍的慾望？

□價格，並且合理定價是＿＿＿＿　□內容文字有足夠吸引力
□作者的知名度　□是否為暢銷書籍　□封面設計、插、漫畫

●請寫下您對編輯部的期望及建議：

2 2 1 - 0 3

新北市汐止區大同路三段194號9樓之1

傳真電話：（02）8647-3660
E-mail：yungjiuh@ms45.hinet.net

廣　告　回　信
基隆郵局登記證
基隆廣字第200132號

培育

文化事業有限公司

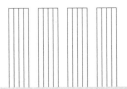

讀者專用回函

安安與奶奶

培養文化育智心靈的好選擇